KB074347

파타피지크학자 포스트롤 박사의 행적과 사상: 신과학소설

GESTES ET OPINIONS DU DOCTEUR FAUSTROLL, PATAPHYSICIEN: ROMAN NÉO-SCIENTIFIQUE

by Alfred Jarry

알프레드 자리
파타피지크학자
포스트롤 박사의 행적과 사상:
신과학소설

이지원 옮김

wo
rk
ro
om

일러두기

이 책은 알프레드 자리(Alfred Jarry)의 「파타피지크학자 포스트롤 박사의 행적과 사상: 신과학소설(Gestes et opinions du docteur Faustroll, pataphysicien: Roman néo-scientifique)」을 한국어로 옮긴 것이다. 1980년 출간된 갈리마르(Gallimard)의 콜렉시옹 포에지(Collection Poésie) 판본을 번역 대본으로 삼았다.

본문의 주는 옮긴이가 작성했으며, 저자 원주의 경우 주 말미에 밝혔다.

원문에서 이탤릭체로 표기된 경우, 강조의 의미라고 판단될 경우 방점을 더했고, 인용을 나타낼 경우 작은따옴표로 묶었고, 단순히 구분하기 위해 쓰였다고 보일 경우 굵게 표기했다.

원문에서 대문자로 강조된 경우, 첫 글자만 대문자로 표기되었을 때는 고딕체로, 단어 전체가 대문자로 표기되었을 때는 굵은 고딕체로 구분했다.

차례

작가에 대하여

알프레드 자리(Alfred Jarry, 1873-907)는 1873년 프랑스 라발에서 태어났다. 렌느의 고등학교에 입학하면서 이후 「위뷔 왕」과 「오쟁이진 위뷔」로 발전하게 되는 희곡들을 쓰고 공연한 자리는 파리로 이사한 후 비평지와 판화 잡지를 공동 창간하고, 잡지에 희곡을 발표하고, 책을 출간하고, 공연을 모색하는 등 다양한 문학 활동을 펼쳐 나간다. 홀로 판화 잡지 『페르앵데리옹』을 창간하면서 15세기 활자체를 복각해 제작하기도 하는데, 이는 이후 『위뷔 왕』 표지에 사용된다. 잡지에 「위뷔 왕」을 발표하고 단행본으로 출간한 자리는 1896년12월 10일 이 희극을 초연한다. 야유와 환호로 15분간 중단되기도 했던 공연 이후 평단은 자리를 "예술의 아나키스트"라고, 「위뷔 왕」을 "관객에 대한 테러리즘"이라고 비난했다.

자리는 『적그리스도 카이사르』, 『낮과 밤』, 『사랑의 방문들』, 『위뷔 아범의 연감』(익명으로 공저), 『절대적 사랑』 등을 출간하는 한편 잡지에 「파타피지크학자 포스트롤 박사의 행적과 사상: 신과학소설」 일부를 발표하며, 포스트롤 박사의 이름으로 글을 기고하기도 한다. 이어 「사변」 및 「행적」 시리즈, 「알프레드 자리의 일기」, 오페라 대본 「교황의 겨자 제조인」, 시 등 여러 장르의 글을 잡지에 싣고, 글을 번역하고, 단행본 『메살린』, 『초남성』, 『허리로』 등을 펴내며 평생 왕성히 활동했다. 1907년 결핵성 뇌막염으로 사망했으며, 『팡타그뤼엘』, 『파타피지크학자 포스트롤 박사의 행적과 사상: 신과학소설/사변들』, 『라 드라곤』, 『오쟁이진 위뷔』 등은 사후 발간되었다.

이 책에 대하여

알프레드 자리의 「파타피지크학자 포스트롤 박사의 행적과 사상: 신과학소설」은 최종 원고 없이 두 개 수사본(手寫本)으로 남아 있고(1898년 로르멜[Lormel] 수사본, 1899년 파스켈[Fasquelle] 수사본), 그중 일부 장만 발췌되어 두 잡지에 실렸다. 자리는 단행본으로 발간하고 싶어 했지만 난해하다는 이유로 출판사들이 고사했기 때문이다. 출간이 좌절된 후, 자리는 로르멜 수사본의 말미에 이렇게 적었다. "저자가 이 책의 각종 아름다움을 만끽할 수 있을 만큼의 경험을 쌓기 전까지, 이 책 전체는 출간되지 않을 것이다."

남아 있는 수사본은 둘 다 불완전하다. 로르멜 수사본은 소설의 처음부터 끝까지 담고 있지만, 잡지에 책 일부를 발표하기 전에 쓴 것이라 이후의 수정 내용을 반영하지 못한다. 파스켈 수사본은 보다 갱신되었지만, 1897년에 쓰였다는 기록과 함께 1900년 잡지에 발표된 34장 전체를 비롯해 여러 부분이 누락되어 있다.

자리가 세상을 뜬 지 4년 후인 1911년에 파스켈 출판사에서 출간된 초판본은 출판사에서 보유한 수사본을 기초로 로르멜 수사본의 내용들을 보충한 것이다. 이는 이후 소설의 정본으로 자리 잡았지만, 편집 과정에서 오기와 오독이 다수 있었다는 사실이 이후 밝혀졌다. 갈리마르에서 비블리오테크 드 라 플레이아드(Bibliothèque de la Pléiade) 시리즈로 출간된 자리의 『전집』(미셸 아리베[Michel Arrivé] 편집, 1972) 1권의 경우 이 초판본을 따르되, 로르멜 수사본의 내용을 주석에서 밝히는 원칙을 취하고 있다. 다만 34장은 예외적으로 포함되었다.

이 한국어 판본은 1972년의 플레이아드판 1권 대신 노엘 아르노(Noël Arnaud)와 앙리 보르디용(Henri Bordillon)이 편집한 1980년의 갈리마르 콜렉시옹 포에지(Collection Poésie)판을 따랐다. 노엘 아르노는 울리포(OuLiPo)와 콜레주 드 '파타피지크(Collège de 'Pataphysique)의 일원이었고, 앙리 보르디용은 이후 자리의 플레이아드판 2권(1987)과 3권(1988)을 편집했다. 둘은 정본을 고수하기보다는 두 수사본과 잡지 출간본을 오가는 새로운 판본을 제시했다. 초판본을 갱신하고자 한 두 연구자의 노고를 존중해, 또 주석을 여러 번 거치며 판본을 대조해 읽어야 하는 독자의 수고를 최소화하고자, 포에지판이 번역하기에 적합하다고 판단했다.

연보의 경우 플레이아드판의 연보를 기초로 하되, 이후 발견된 서신과 자료가 반영되지 않는 등 정보가 단편적이라고 판단되는 부분은 부록의 인명사전에서 보완했다.

옮긴이

"이것들이 여덟 거처들이오. 여덟 세상들이오. 여덟 뿌루샤들이오.

그 뿌루샤들을 확실하게 헤아리고 결합하여 벗어나게 되는, 그런 우파니샤드의 뿌루샤를 내 그대에게 물어보겠소이다. 만일 그에 대해 내게 답하지 못한다면, 분명 당신의 머리가 떨어질 것이오."

샤깔야는 그에 대해 알 수가 없었다. 정말 그의 머리가 떨어졌다. 게다가 강도들이 무언가 다른 것으로 여기고는 그의 뼈들을 앗아 가 버렸다.

—『브리하드아란야까 우파니샤드』*

* 원문에서는 앙드레페르디낭 에롤(André-Ferdinand Hérold)의 번역을 싣고 그 역자를 밝혔다. 에롤에 관해서는 이 책 102쪽 주석 참조. 여기서는 임근동의 번역(『우파니샤드』, 을유문화사, 2012)을 참조하되, 에롤의 번역 및 해석과 상응하도록 일부 수정했다.

1권
소송

1장

제819조에 따른 지급명령

1898년 2월 8일,

민사소송법 제819조에 의거, 본인의 담당 주소지이자 Q구청 **관할 지역인** 파리 리셰르 가 100-2 **소재 주택의 소유주** 자크 보놈므 씨 부부**의 신청에 따라,**

이하 서명한 본인 르네이지도르 팡뮈플*은 **민사소송법에 따른 제1심 관할법원인 파리 소재의 센 지방법원 소속이자 관할지 내** 파베 가 37**에 거주 중인 집행관으로서,**

파리 리셰르 가 100-2 **소재의 상기 주택에 속한 복수의 거처 내 거주자인** 포스트롤 박사**에게 법과 정의에 따라 현 명령을 송달합니다.** 본인은 숫자 100이 적혀 있는 상기 주택 앞에서 수차례에 걸쳐 초인종을 누르고 문을 두드리고 상기 거주자의 이름을 외쳤으나 아무도 문을 열지 않았고, 인근 거주자들은 이 주택의 거주자가 상기한 포스트롤 씨임을 진술하였지만 그들 중 누구도 지급명령 사본을 대리 수령하길 원치 않았으며, 본인의 정본에 서명하고 이 사본을 승계할 거주자의 친족이나 하

* Panmufle. '모든, 전체'를 뜻하는 접두사 'pan-'과, 포유류의 주둥이라는 뜻으로 상스럽고 천박한 자를 일컫기도 하는 'mufle'을 결합한 이름이다.

인을 상기 거처에서 발견하지도 못한바, 그에 따라 본인은 Q구청으로 와 구청장과의 면담하에 사본을 제출하여 아래와 같이 명령 확정 승인을 받았음을 알립니다. **현재로부터 24시간의 유예기간 내에 채무자는** 지난 1월 1일 **부로 만기에 달한 상기 주택의** 11개월치 **임대료** 금 372,000프랑 27상팀**에 상당하는 유효한 지급증권을 채권자 앞으로 발행하여 본인에게 직접 제출하여야 하며, 이는 향후 발생할 추가 지연이나 여타 권리, 소송, 이자, 법률 비용 및 압류에 관련된 사항에는 영향을 미치지 않습니다. 채무자가 상기 유예기간 내에 명령에 응하지 않을 경우, 임대 공간 내의 가구 및 물품 등에 대한 동산 압류를 포함, 각종 적법한 조치에 따라 귀하의 재산에 대한 강제집행이 이루어질 수 있습니다. 이에 본인은 이 지급명령 사본을 상기 거주지에 송달합니다. 송달료:** 11프랑 30상팀, **수입인지 1/2장 인지대** 0프랑 60상팀 **포함.**

팡뮈플

포스트롤 박사 귀하
파리 Q구청 경유

2장
포스트롤 박사의 습관과 몸가짐에 관해서

포스트롤 박사는 1898년(20세기가 [-2]살이었던 해이다.) 체르케스에서 63세의 나이로 태어났다.

이 나이에 박사는 보통 체격의, 보다 엄밀히 말하자면 원자 지름 $(8 \times 10^{10} + 10^{9} + 4 \times 10^{8} + 5 \times 10^{6})$개만큼을 차지하는 남성이었고, 평생 동안 같은 나이를 유지했다. 피부는 노란색에 살레 왕*처럼 기른 바다빛 콧수염 빼고는 얼굴 전체가 미끈했고, 잿빛 금발과 새카만 흑발이 한 올씩 번갈아 나 태양의 위치에 따라 색이 변하는 모호한 적갈색의 머리칼, 필기용 잉크로 채워진 캡슐 속에 단치히 증류주**처럼 금색 정충이 헤엄치고 있는 두 눈을 지녔다.

포스트롤 박사는 콧수염 외에는 수염이 없었다. 사타구니부터 눈꺼풀까지 이르는 피부 전체에 모낭을 쏠아 먹는 탈모 세균을 빈틈없이 번식시킨 덕분인데, 이 세균은 새로 난 털만을 공격하기 때문에 머리카락이나 눈썹마저 빠질까 염려할 필요는 없었다. 그에 반해 사타구니부터 발까지는 사티로스처럼 검은 털로 빽빽하게 뒤덮여 있었다. 박사는 품위를 넘어서는 남자였던 것이다.

* roi Saleh. 메소포타미아 지역의 바누 칼브(Banu Kalb) 부족을 이끈 살레 이븐 마르다시(Saleh Ibn Mardash)를 가리킨다.
** 23캐럿 금박이 들어간 단치거 골드바서(Danziger Goldwasser)를 말한다.

이날 아침 박사는 일과대로 스펀지 목욕*을 하기 위해, 기차가 긴 나선을 따라 기어올라 가는 문양을 두 가지 색으로 그린 모리스 드니**의 그림 벽지를 썼다. 오래전부터 그는 계절, 유행, 아니면 그날 기분에 따라 벽지를 골라 목욕물 대신 사용해 왔다.

벽지 무늬로 사람들을 놀래키지 않기 위해 박사는 수정 실로 짠 셔츠, 품이 넓고 발목을 졸라매는 무광 검정색의 벨벳 바지, 먼지가 수개월 동안 균일하게 쌓일 수 있도록 심혈을 기울여 간수한—물론 개미귀신이 창궐할 때는 어쩔 수 없었지만—작은 회색 장화로 몸을 가렸다. 피부색과 똑같은 황금색의 비단 조끼에는 속옷처럼 단추 하나 없는 대신 루비로 여미는 호주머니 두 개가 가슴 높이 달려 있었고, 그 위에 걸친 큼직한 외투는 푸른 여우 털로 안이 대어져 있었다.

오른쪽 검지에는 에메랄드와 토파즈가 박힌 반지 여러 개를 손톱 바로 아래까지 포개어 낀 다음—열 손가락 중 유일하게 이 손가락만 손톱을 물어뜯지 않았다.—반지가 빠지지 않도록 특수 세공한 몰리브덴 나사핀으로 손톱을 뚫어 손가락 끝마디 뼈에 조여 놓았다.

박사는 자신이 창단한 후, 변질되는 걸 막기 위해

* sponge-bath. 원문에 영어로 표기됨.

** Maurice Denis (1870–943). 프랑스 화가이자 나비파의 일원. 작품 활동 외에도 무대미술과 의상, 책 디자인 일을 했고 그림 벽지를—'기차가 긴 나선을 따라 기어올라 가는 문양'을 포함해—디자인하기도 했다.

특허까지 취득한 위대한 배때기 기사단*의 리본 휘장을 넥타이 삼아 목에 둘렀다.

그는 맞춤 제작한 교수대에 이 리본으로 자기 목을 매단 채 '목 졸려 하얘진 사람'과 '목 졸려 파래진 사람'이라 불리는 두 가지의 질식 화장법 사이에서 수십 분 동안 망설이곤 했다.

리본을 끄른 뒤, 마지막으로 박사는 방서모를 썼다.

* Ordre de la Grande-Gidouille. 자리가 1899년 1–3월의 「위뷔 아범의 삽화 연감(Almanach de Père Ubu illustré)」에서 처음 공포한 후, 콜레주 드 '파타피지크에 의해 1948년 부활해 현재까지 유지되고 있다. 'Gidouille'는 위에 소용돌이 문양이 그려진, 위뷔의 비대한 복부를 가리키기 위해 자리가 조어한 단어다. 여기서는 장혜영의 번역(『위비 왕』[위뷔 왕], 연극과 인간, 2003)을 따랐다.

3장
통지서 송달

1898년 2월 10일 오전 8시, 민사소송법 제819조에 의거, 본인의 담당 구역이자 Q구청 관할 지역인 파리 리셰르 가 100-2 소재 주택의 공동소유주인 자크 보놈므 씨 부부(이하 남편의 성명으로 남편 본인과 부인의 신원을 보좌 및 보증함)의 신청에 따라,

이하 서명한 본인 르네이지도르 팡뷔플은 민사소송법에 따른 제1심 관할법원인 파리 소재의 센 지방법원 소속이자 관할지 내 파베 가 37에 거주 중인 집행관으로서,

실제로는 100이라고 번지수가 적혀 있는 파리 리셰르 가 100-2 소재의 상기 주택에 속한 복수의 거처 내 거주자인 포스트롤 박사에게 **법**과 **정의**에 따라 재차 독촉하였으나, 문을 수차례에 걸쳐 두드렸음에도 아무도 답하지 않았으므로 파리에 위치한 솔라르카블 경찰서장의 집무실로 이동하여 이후 진행에 경찰서장을 대동한바, 채무자는 지난 1월 1일 부로 만기에 달한 후 현재까지 체납된 상기 주택의 11개월치 임대료 금 372,000프랑 27상팀을 서류 송달인인 집행관 본인에게 직접 지급하여야 하며, 이는 채무자가 지급하기를 거부한 여타 채무에는 영향을 미치지 않습니다.

위와 같은 이유로 본인이 압수하여 **법**과 **정의**의 직권하에 보관 중인 물건은 이하와 같습니다.

4장
포스트롤 박사의 등가 책들에 관해서

파리 니콜라 플리멜 가 205에 사업장이 있는 열쇠공 **루르도***가 개문하여 진입한 상기 기재된 거주지 내에서, 광택 나는 구리 직물로 만든 12미터 길이에 침구는 없는 침대 한 개, 상아 의자 한 개, 줄마노와 금으로 된 탁자 한 개를 제외하고, 사철 제본 또는 무선 제본 형식의 책 스물일곱 권을 가압류하며, 제목은 이하와 같습니다.

1. **보들레르**, **에드거 포** 작품 번역서
2. **베르주라크**, 『전집』 2권, 「태양의 국가와 제국 이야기」, 「새 이야기」 수록
3. 『**루가** 복음서』, 그리스어판
4. **블루아**, 『은혜 모르는 거지』
5. **콜리지**, 『노수부의 노래』
6. **다리앙**, 『도둑』
7. **데보르드발모르**, 『작은 사람들의 서약』
8. **엘스캄프**, 『채색 장식』
9. **플로리앙**의 『희곡 전집』 중 짝이 맞지 않는 한 권
10. **갈랑** 번역의 『천일야화』 중 짝이 맞지 않는 한 권
11. **그라베**, 3막 구성의 희곡 『익살, 풍자, 아이러니,

* Lourdeau. 아둔한 사람을 비하하여 이르는 말인 'Lourdaud'와 발음이 같다.

그리고 더 깊은 의미』

12. **칸**, 『금과 침묵 이야기』
13. **로트레아몽**, 『말도로르의 노래』
14. **마테를링크**, 『아글라벤느와 셀리세트』
15. **말라르메**, 『시와 산문』
16. **망데스**, 『고그』
17. 토이프너 출판사에서 펴낸 『오디세이아』
18. **펠라당**, 『바빌론』
19. **라블레**
20. **장 드 실라**, 『성(性)의 시간』
21. **앙리 드 레니에**, 『벽옥 지팡이』
22. **랭보**, 『일뤼미나시옹』
23. **슈오브**, 『아이들의 십자군』
24. 『위뷔 왕』
25. **베를렌**, 『예지』
26. **베르하렌**, 『환각에 빠진 들판』
27. **베른**, 『지구 중심으로의 여행』*

* 제목의 표기가 다소 다르거나 판본이 불분명한 것들도 있지만, 모두 실존하는 작가와 작품이다. 고딕체로 표기된 이름들을 기준으로, 알파벳순으로 정렬되어 있다.

1. 시인 샤를 보들레르(Charles Baudelaire, 1821–67)는 에드거 앨런 포(Edgar Allen Poe, 1809–49)의 작품을 프랑스어로 번역해 1856년과 1865년 사이 총 다섯 권으로 나누어 출간했다.
2. Cyrano de Bergerac (1619–55), *Histoire comique des États et Empires du Soleil*, 1622. 이 중 '새들의 왕국(Royaume des Oiseaux)'이라는 장이 있다.
3. *Évangile selon Saint Luc*.
4. Léon Bloy (1846–917), *Le Mendiant ingrat*, 1898. 1892–5년 쓴 일기 모음집.
5. Samuel Taylor Coleridge (1772–834), *The Rime of the Ancient Mariner*, 1798.

더불어 **툴루즈로트레크**의 「제인 아브릴」 포스터,* **보나르**의 「라 르뷔 블랑슈」 포스터,** **오브리 비어즐리*****가 그린

6. Georges Darien (1862–921), *Le Voleur*, 1897.
7. Marceline Debordes-Valmore (1786–859), *Le Serment des petits Polonais*, 1890. 자리는 'Polonais(폴란드인)'를 'hommes(사람들)'로 썼다.
8. Max Elskamp (1862–931), *Enluminures*, 1898.
9. Jean-Pierre Claris de Florian (1755–94).
10. 앙투안 갈랑(Antoine Galland, 1646–715)은 『천일야화』를 유럽에 처음 소개한 번역자로 알려져 있다.
11. Christian Dietrich Grabbe (1801–36), *Scherz, Satire, Ironie und tiefere Bedeutung*, 1827.
12. Gustave Kahn (1859–936), *Le Conte de l'or et du silence*, 1898.
13. Lautréamont (1846–70), *Les Chants de Maldoror*, 1869.
14. Maurice Maeterlinck (1862–949), *Aglavaine et Sélysette*, 1896.
15. Stéphane Mallarmé (1842–98), *Vers et proses*, 1893.
16. Catulle Mendès (1841–909), *Gog*, 1896.
17. 토이프너(Teubner)는 19세기 초 독일에서 설립된 고전문학 출판사.
18. Joséphin Péladan (1858–918), *Babylone*, 1895.
19. François Rabelais (1494–553).
20. Jean de Chilra, *L'Heure sexuelle*, 1898. 장 드 실라(Jean de Chilra)는 라실드(Rachilde)라는 이름으로 더 잘 알려진 마르게리트 발레트에메리(Marguerite Vallette-Eymery, 1860–953)의 여러 필명 중 하나다.
21. Henri de Régnier (1864–936), *La Canne de jaspe*, 1897.
22. Jean-Arthur Rimbaud (1854–91), *Illuminations*, 1886.
23. Marcel Schwob (1867–905), *La Croisade des enfants*, 1896.
24. *Ubu Roi*, 1896. 자리 본인의 희곡.
25. Paul Verlaine (1844–96), *Sagesse*, 1880.
26. Emile Verhaeren (1855–916), *Les Campagnes hallucinées*, 1893.
27. Jule Vernes (1828–905), *Le Voyage au centre de la terre*, 1864.

* 앙리 드 툴루즈로트레크(Henri de Toulouse-Lautrec, 1864–901)는 캉캉 댄서 제인 아브릴(Jane Avril, 1868–940)을 작품에 자주 담았는데, 그중 가장 잘 알려진 포스터는 「자르댕 드 파리의 제인 아브릴(Jane Avril au Jardin de Paris)」(1893)이다.

** '흰색 잡지'라는 뜻의 『라 르뷔 블랑슈(La Revue blanche)』는 1889년부터 1903년까지 발간된 프랑스 문학예술 정기간행물로, 화가 피에르 보나르(Pierre Bonnard, 1867–947)는 1894년 이 잡지의 홍보용 포스터를 그렸다.

*** 이 책 55쪽 주석 참조.

포스트롤 씨의 초상화 등 벽에 걸린 판화 세 점, 그리고 값어치는 없어 보이나 렌의 오베르튀르 인쇄소에서 찍은 「성 카도 섬」의 바랜 그림 한 점 역시 압류했습니다.

지하실은 완전히 침수되어 진입할 수 없었습니다. 술통이나 병에 담기지 않은 와인과 증류주가 한데 뒤섞여서 2미터 높이까지 차오른 것으로 보였습니다.

압류 대상자가 부재함에 따라, 아래 명기된 증인 중 한 명인 델모르 드 피옹섹 씨*를 압류물의 관리인으로 지명합니다. 매각은 차후 공고 예정인 일자의 정오 시에 오페라 광장에서 시행될 예정입니다.

위의 사실에 입각하여 본인은 오전 8시부터 오후 2시 45분까지 현 통지서를 작성한 뒤 통지서의 사본을 상기한 경찰서장 수중에 채무자용으로 한 부, 관리인에게 한 부 전달하였으며, 통고에 한하여 위 모든 절차는 파리 파베 가 37에 거소하는 공증인 델모르 드 피옹섹 씨와 트로콩 씨**가 참석 및 동반한 가운데 이루어진바, 정본과 사본 말미에 기입된 본인 및 증인의 서명을 통해 위 내용이 사실임을 서약합니다. 송달료: 32프랑 40상팀. 사본용 특수 용지 2매 비용 1프랑 20상팀. 열쇠공 루

* Delmor de Pionsec. 벨기에 작가 외젠 드몰데르(Eugène Demolder, 1862–919)의 성 철자를 뒤바꿔 만든 이름과, '고리타분한 공론가(Pion sec)'로 읽힐 수 있는 성을 결합한 것이다.

** Troccon. 'troc con(멍청한 거래)'으로 들릴 수 있다. 라발의 자전거 상인 트로숑(Trochon)을 암시하는 이름. 자리는 트로숑에게서 고가의 자전거를 어음으로 산 뒤, 끝까지 갚지 않았다.

르도 서명. 경찰서장 솔라르카블 서명. 델모르 드 피옹섹 서명. 증인 트로콩 서명. 집행관 팡뮈플 서명. 1898년 2월 11일, 파리에서 접수함. 5프랑 영수함. 리코네* 서명. 원본대조필. **(판독 불가)**

* Licornet. 소리 내어 읽으면 'le con est(머저리가 있다)', 또는 'lui con est(그는 머저리이다)'와 발음이 흡사하다.

5장
강제 매각 통지서

1898년 6월 4일, **본인의 관리 구역이자** Q구청 **관할 지역인** 파리 파베 가 37에 현재 남편만 **거소 중인** (자크) 보놈므 씨 부부**의 신청에 따라, 이하 서명한 본인** 르네이지도르 팡뮈플**은 민사소송법에 따른 제1심 관할법원인 파리 소재 센 지방법원 소속이자 관할지 내** 파베 가 37**에 거주 중인 집행관으로서, 통지 및 공고 이후에 상기 제목하의 사본을 포스트롤 씨에게 송부하였으나**….

. . . .

포스트롤 씨에게 잡혀 지하실로 내동댕이쳐진 뒤 술에 취해 버린 본인은 포스트롤 씨의 상기 자택에서 수많은 진귀품을 발견하였으나, 그를 전부 기재하기에는 액면가 60상팀의 수입인지가 부착된 이 반쪽짜리 용지가 너무 작은 반면 추가 수입인지 비용이 공탁금 총액을 현저히 초과할 수준에 이르니만큼, 상기한 진귀품을 **법**과 **정의**에 따라 기록하여 향후 효력 상실을 방지할 수 있도록 센 민사법원의 재판장님께서는 정례와 달리 이하 내용을 수입인지가 부착되지 않은 일반 종이에 기재하는 점을 널리 양해하여 주시기 바랍니다.

6장
포스트롤 박사의 배이자 체에 관해서

C.-V. 보이스*에게

압류 대상에서 제외된 광택 낸 구리 침대 속에서, 포스트롤 박사가 침대 위를 덮고 있던 천을 들추고 나타나 제게 다가오며 말을 건넸습니다.

"통지서를 들고 온 팡뮈플 집행관, 당신은 모세관 현상과 표면장력에 대해, 중량이 없는 막이나 직각쌍곡선이나 곡률이 없는 표면에 대해, 하물며 물을 감싸는 탄성을 지닌 피막에 대해서도 전혀 알지 못하는 것으로 보입니다.

성자와 기적을 행하는 자들이 돌구유 안과 거친 외투 위를 항해하고 예수가 맨발로 바다 위를 걸은 그날부터 지금까지 나는, 나 자신만 뺀다면, 연못의 위 표면 또는 아래 표면을 단단한 마룻바닥처럼 사용할 줄 아는 실 같은 장구벌레와 각다귀 유충밖에 모르고 살았습니다.

공기와 증기는 통과하지만 물은 침투할 수 없는 마대 천이 이제 실제로 고안되었는데, 그렇다면 천 뒤에 가

* Charles Vernon Boys (1855–944). 영국의 물리학자. 6장에 등장하는 많은 내용과 표현들은 1892년 프랑스어로 번역, 출간된 그의 책 『비눗방울: 모세관현상에 관한 어린 청중을 위한 강연 넷(Bulles de savons, quatre conférences sur la capillarité faites devant un jeune auditoire)』에 등장하는 것들이다.

려진 촛불을 입으로 불어서 끌 수도 있지만 또한 그 천 안에 액체를 영구히 담아낼 수도 있는 겁니다. 내 동료인 F. 드 로밀리*는 꽤나 성긴 거즈로 바닥을 댄 종 속에 물을 담아 끓이기도 했습니다….

이 12미터짜리 침대는 사실 침대가 아니라 기다란 체 모양을 한 배입니다. 체 구멍은 굵은 바늘이 관통할 수 있을 만큼 큽니다. 체를 통째로 액체 파라핀에 담근 다음, 잘 털어서 씨실마다 파라핀(이 물질에 물이 닿는 것은 사실상 불가능합니다.)을 입히되 1천 540만 개에 달하는 구멍은 막히지 않게 했습니다. 체를 강물에 띄우면 체 구멍 위로 물의 피막이 팽팽하게 당겨져서, 이 피막이 찢어지지 않는 한 아래 흐르는 액체가 위로 올라오지 못합니다. 또 둥근 용골의 볼록면에는 모난 각이 하나도 없는 데다가, 구멍이 1만 6천 개 정도로 훨씬 성기고 파라핀은 입히지 않는 외부 동체가 있어서 범람하거나 급류를 탈 경우 물의 충격을 분산합니다. 외부 동체는 갈대가 안쪽 파라핀 칠에 흠집을 내지 않도록 보호해 주는 역할도 하는데, 마찬가지로 배 내부에도 망을 설치해 칠이 발길에 벗겨지지 않도록 했습니다.

그리하여 나의 체는 배처럼 물에 뜨고, 짐을 실어도 바닥에 가라앉지 않습니다. 뿐만 아니라 보통의 배보

* F. de Romilly. 『F. 드 로밀리의 과학 연구 해설(Notice sur les travaux scientifiques de F. de Romilly)』이라는 책이 1892년 발간되었다는 점 외에, 이 인물에 대해 알려진 바는 거의 없다.

다도 탁월한 점은, 지혜로운 내 친구 C.-V. 보이스가 일러준바, 가는 물줄기가 배 위에 떨어져도 물이 찰 위험이 없다는 것입니다. 내가 요산염을 배출하거나 파도가 배 위로 덮쳐도 액체는 체 구멍을 관통해서 외부의 파도와 다시 하나가 됩니다.

항상 건조된 상태인 이 배(이렇게 탑승자 셋을 태우도록 지어진 배는, 당연하지만 일인승 조각배라고 부릅니다.*)를 나의 새로운 주거지로 등록하려 합니다. 이 집에서 떠날 수밖에 없게 되었으니…."

"당연히 그러셔야겠습니다. 이 셋집에는 이제 가구가 하나도 없으니 말입니다." 제가 말했습니다.

박사는 계속 말을 이어 갔습니다.

"실은 이보다 더 아름다운, 석궁으로 자은 수정 실로 만든 조각배도 한 척 보유하고 있습니다. 하지만 현 시점에 이 배에는, 거미줄에 물이 맺히는 모양을 모방해서, 밀짚을 도구 삼아 피마자유 250,000방울을 큰 것, 작은 것 번갈아 가며 배열해 놓은 상태입니다. 액체 탄성막의 힘만이 작용한다고 할 때 큰 방울의 초당 진동수는 작은 방울의 초당 진동수의 $\frac{64000}{1/2000000}$이라는 비율을 따릅니다. 이 조각배는 커다란 진짜 거미줄의 면모를 모두 갖추고 있고 파리를 잡는 데에도 아주 요긴합니다. 하지만 한 사람밖에 못 태우지요.

* 원문에서 포스트롤의 배는 'as'로 칭해지는데, 이는 1인 조정 경기를 뜻할 뿐 아니라 트럼프 카드의 에이스, 도미노의 1번 패 등을 의미하기도 한다.

여기 이 배에는 세 명이 탈 수 있으니 당신이 동행해 줘야겠고, 잠시 후에 나머지 한 분을 소개해 주겠습니다. 거기에 몇 사람 더, 당신의 **법**과 **정의**를 피해 압류된 책의 행간 속으로 달아난 존재들도 함께 데려가려고 합니다.

내가 이 존재들의 수를 헤아리고 또 다른 한 사람을 불러오는 동안, 여기 내가 자필로 쓴 책 한 권이 있으니 이를 스물여덟 번째 책으로 압류해 읽으면 기다림을 견디는 데에도 좋겠지만 이 여정 동안 나를 이해하는 데에 큰 도움이 될 것입니다. 물론 당신의 의사와 상관없이 이것은 필수입니다."

"예, 하지만 체를 어떻게 조종하신다는 건지…."

"이 조각배는 노의 깃뿐만 아니라 용수철 지렛대 끝에 달린 여러 개 빨판의 힘으로 나아갑니다. 그리고 용골은 동일 면상에 놓인 세 개의 작은 강철 바퀴 위를 구릅니다. 나는 내 계산과 배의 불침성이 가히 완벽하다고 확신하므로, 내가 변함없이 그래 왔던 것처럼, 우리는 물 위가 아닌 단단한 땅 위를 항해할 것입니다."

7장
선별된 소수에 관해서

스물일곱 개 등가의 겹겹한 공간을 가로질러, 포스트롤은 존재들을 삼차원으로 불러내었다.

보들레르에게서는, 그의 번역을 그리스어로 공들여 다시 번역하면서, 에드거 앨런 포의 침묵을.

베르주라크에게서는 태양의 나라의 꾀꼬리왕과 백성들의 변신인 귀한 나무를.

루가에게서는 예수를 더 높은 곳으로 이끈 중상자를.

블루아에게서는 약혼녀를 뒤따르는, 죽음의 검은 돼지들을.

콜리지에게서는 노수부의 석궁을, 그리고 조각배에 실으면 체 속의 체가 되는, 물에 뜨는 선박 골조를.

다리앙에게서는 생고타르의 굴착기에 씌워진 다이아몬드 왕관을.

데보르드발모르에게서는 나무꾼이 아이들의 발치에 가져다 놓은 오리와, 껍질에 표식이 새겨진 쉰세 그루의 나무를.

엘스캄프에게서는 이불보 위를 달리다가 동그랗게 모은 손이 되어 공 모양의 세계를 과일처럼 감싸 쥔 산토끼들을.

플로리앙에게서는 스카팽의 복권을.

『천일야화』에서는 하늘을 나는 말의 꼬리가 파낸,

왕의 아들인 세 번째 탁발승의 눈을.

그라베에게서는 시민 공로 수도회의 기사가 내린 명령에 따라 튀알 남작이 새벽에 살해한 열세 명의 재단 직공을, 그리고 그가 일을 치르기 전 목에 두른 냅킨을.

칸에게서는 천상의 금세공방에서 울리는 금빛 음향 중 하나를.

로트레아몽에게서는 알코올의존증으로 인한 손의 떨림처럼 아름다운, 지평선 너머로 사라지는 풍뎅이를.

마테를랭크에게서는 눈먼 자매 중 맏이가 들은 빛을.

말라르메에게서는 순결한 자와 강인한 자와 아름다운 오늘을.

망데스에게서는 120살까지 노를 젓는 도형수의 땀을 제 소금기와 섞으며 녹색 바다 위로 부는 북풍을.

『오디세이아』에서는 펠레우스의 흠잡을 데 없는 아들이 수선화 들판을 지나며 걷는 기쁨에 찬 걸음을.

펠라당에게서는 선조의 재로 도금한 방패에 거울처럼 비친, 일곱 행성의 불경한 학살의 모습을.

라블레에게서는 폭풍 속에서 악마들의 춤곡이 되어 준 종소리를.

라실드에게서는 클레오파트라를.

레니에에게서는 현대의 켄타우로스가 콧바람 불며 지나던 밤색 평야를.

랭보에게서는 신의 바람이 늪 속으로 날려 버린 고드름을.

슈오브에게서는 나병 환자 손의 창백함이 모방하는, 비늘로 뒤덮인 짐승들을.

위뷔 왕에게서는 1막 첫 번째 단어의 다섯 번째 글자를.*

베르하렌에게서는 삽으로 지평선의 네 등성이 위에 만든 십자가를.

베를렌에게서는 죽음에 점근하는 목소리들을.

베른에게서는 두께 2와 2분의 1 리그의 지표면을.

그동안 집행관 르네이지도르 팡뮈플은 캄캄한 어둠 속에서, 나머지 색들은 불투명한 상자 속에 가두고 눈에 보이지 않는 적외선만 내보내는 분광기로 투명한 황산키니네 잉크를 비추며 포스트롤의 자필 저서를 읽기 시작했다. 잠시 후 세 번째 여행자가 등장하자 팡뮈플의 독서는 중단되었다.

* 「위뷔 왕」의 1막은 'merdre'라는 단어로 시작하는데, 이는 'merde(똥)'라는 욕설에 'r'을 더한 자리의 신조어다.

2권
파타피지크의 기초

타데 나탕송*에게

* Thadée Natanson (1868–951). 변호사, 사업가, 미술비평가, 그리고 『라 르뷔 블랑슈』의 편집진 중 한 명. 편집장은 형 알렉상드르 나탕송이었지만 실질적으로 잡지를 지휘한 이는 동생인 타데라고 알려져 있다.

8장
정의

부수 현상은 하나의 현상에 덧붙는 현상을 말한다.

어원을 표시할 때는 ῎επι (μετὰ τὰ φυσικὰ), 실제 철자로 적을 때는 안이한 말장난을 방지하기 위해 앞에 아포스트로피를 붙여 **’파타피지크**로 써야 하는 파타피지크는 형이상학의 범위 안 또는 바깥에 덧붙는 과학으로, 형이상학이 물리학을 넘어서는 만큼 형이상학을 넘어선다. 한편 부수 현상이 대개 우연적이므로, 파타피지크는 무엇보다 특수한 것에 관한 과학—보편적인 것을 다루어야만 과학이라고 보통 말하지만—이라 할 수 있다. 파타피지크는 예외를 지배하는 법칙을 연구하고 현 세계를 보완하는 다른 세계를 설명한다. 혹은, 야심을 덜자면, 전통적인 세계 대신에 우리가 볼 수 있고 또 어쩌면 보아야 하는 세계를 묘사한다. 우리가 전통적인 세계에서 발견하리라 믿는 법칙들은 빈도의 차이는 있을지언정 여전히 예외들의 상호 관계이고, 결국 예외적이지 않은 예외들로 환원되어 유일성이라는 가치조차 지니지 못하는 우연한 사실들일 따름이다.

정의: 파타피지크는 상상적 해법의 과학으로서, 대상의 가상이 묘사하는 대상의 속성을 대상의 윤곽에 상징적으로 부여한다.

오늘날의 과학은 귀납법을 기반으로 한다. 많은 사

람들은 한 현상이 대개의 경우 다른 현상에 앞서거나 그를 뒤따르는 것을 보고 항상 그러할 것이라고 결론 내린다. 그러나 이는 대개의 경우에만 사실이고, 특정 관점에 의존하며, 편의를 위하여 체계화된 것이다. 실제로 편의를 위하기나 한다면! 물체가 중심부로 낙하한다는 법칙을 세우느니, 빈 공간이 외곽으로 상승한다고 보는 법칙이 더 적합하지 않겠는가? 빈 공간을 비(非)밀도의 단위로 설정하는 것이 물 따위를 밀도의 기준 단위로 삼는 것보다는 덜 임의적인 가설일 것이다.

우리의 몸마저도 하나의 가정이자 일반 대중의 지각에 기초한 하나의 관점에 불과한 것으로, 몸의 본성, 또는 최소한 몸의 성질이 어느 정도 항상성을 지니기 위해서는 인간의 키가 언제나 비교적 일관되고 모든 사람의 키가 서로와 같다는 전제가 성립해야만 한다. 보편적 합의는 그 자체로 기적적이고 불가사의한 선입관이다. 어째서 사람들은 모든 회중시계가 원형이라고 단언하는가? 옆에서 보면 기다란 직사각형 모양이고 4분의 3 지점에서 비스듬히 보면 타원형이니 이것은 명백히 거짓이다. 게다가 대체 왜 시간을 확인할 때에만 시계의 형태를 인식한단 말인가? 어쩌면 유용성을 핑계로 댈 수도 있다. 하지만 회중시계를 동그랗게 그리는 아이는 집을 그릴 때에도 정면에서 보이는 대로 네모나게 그리기 마련이고, 여기에는 특별한 근거가 있을 리 없다. 시골에 살지 않는 이상 단독으로 서 있는 건물을 보기 힘들고,

길에서 봐도 건물 정면은 심하게 기울어진 사다리꼴로 보이기 때문이다.

따라서 일반 대중(여기엔 어린이와 여자도 포함된다.)이 타원형을 이해하기에는 너무 무지하다는 사실, 그리고 이들이 이른바 보편적 합의에 동조하는 것은 그저 점 두 개보다는 하나에 맞추는 편이 훨씬 쉽다는 이유에서 초점 하나짜리 곡선만을 인식하기 때문이라는 사실을 인정해야만 한다. 이들은 자기 복부 겉면의 접선 방향으로만 소통하고 평형을 유지한다. 하지만 일반 대중도 진짜 세계는 타원형으로 이루어져 있다는 것을 배웠고, 자본가도 술을 항아리에 담지 원기둥에 담지는 않는다.

지금까지 사용해 온 물의 예시를 벗어나 결국은 내다 버리지 않도록, 이 주제와 관련해 파타피지크 과학의 대가들을 불손하게도 다음과 같은 문장으로 간추리는 일반 대중의 본성에 대해 깊이 생각해 보자.

9장
포스트롤보다 더 작은 포스트롤

윌리엄 크룩스*에게

"어떤 정신 나간 자들은 한 존재가 스스로보다
더 큰 동시에 더 작을 수 있다고 계속 반복해
주장하고, 또 그런 헛소리를 마치 유효한
발견인 양 여러 권의 책으로 펴낸다."
—『오로만의 부적』

어느 날 포스트롤 박사는 (개인적 경험에 대해 말하는 것을 양해해 달라.) 자기 자신보다 더 작아지고 싶었고, 이러한 크기의 차이가 상호 관계에 어떤 교란을 야기하는지 관찰하기 위해 여러 원소들 중 하나를 탐구하기로 결심했다.

그가 선택한 물질은 평소에는 무색의 액체 상태로, 압축할 수 없고 소량일 경우 수평으로 퍼진다. 표면은 곡선이고, 심층은 푸른빛이며, 넓게 펼쳐질 경우 가장자리가 왕복운동을 하는 것. 아리스토텔레스가 흙과 함께 무거움의 본성을 지닌다고 말한 것. 불의 적이자, 분해

* William Crookes (1832–919). 영국의 화학자이자 물리학자. 심령주의 신봉자이기도 했다. 1897년 발표한 연설문「인간 지식의 상대성(The Relativity of Human Knowledge)」에서 분자력을 뚜렷이 느낄 정도로 작은, 양배추 잎사귀 위의 난쟁이(homunculus)의 존재를 가정한다.

될 때 폭발과 함께 불로부터 다시 태어나는 것. 이 물질을 기준으로 삼은 온도인 100도에서 기체가 되고, 고체가 되면 자기 자신 위에 뜨는 것. 다름 아닌 물이다! 작음의 패러다임인 전형적인 진드기 크기로 줄어든 포스트롤 박사는, 진드기 동지들이나 커다래진 주변의 면모에는 전혀 주의를 기울이지 않은 채, 양배추 잎사귀를 따라 여정을 계속했다. 물을 만날 때까지.

그것은 포스트롤 두 배 높이의 방울로 맺혀 있었다. 그 투명한 몸체 건너로 보이는 세계의 내벽은 거대했고, 이파리에 흐릿하게 반사된 박사의 모습은 줄어들기 전의 키만큼이나 컸다. 박사는 문을 두드리듯 구를 가볍게 쳤다. 그러자 말랑한 유리로 된 뽑힌 눈알은 마치 살아 있는 눈알처럼 "적응"하여 노안이 되었다가, 다시 가로지름을 따라 늘어나면서 달걀 모양의 근시가 되었고, 마침내 탄성적 관성에 따라 포스트롤을 밀어내며 구형으로 되돌아왔다.

박사는 종종걸음으로, 때로는 힘에 부쳐 하며, 양배추의 잎맥이 만든 선로를 따라 이 수정 공을 옆의 공까지 굴렸다. 맞닿은 두 개의 구는 모양이 뾰족해질 때까지 서로를 빨아들였고, 어느새 두 배 크기의 새로운 공이 포스트롤 앞에 평온하게 끄덕이고 있었다.

물질의 예상치 못한 국면을 목격한 박사는 장화 코를 힘껏 내질렀다. 굉음을 동반한 폭발이 일어나면서 다이아몬드처럼 수분 없이 단단한, 미세한 구들이 새로 생겨나 사방으로 튀어 나갔고, 이 구들은 초록색 원형경기장을 오락가락 구르면서 저마다 하나씩, 구에 투사되어 신비한 중심부가 확대된 세계의 접점의 형상을 밑에 끌고 다녔다.

이 모든 것 아래에서는 엽록소가, 마치 녹색 물고기 떼처럼, 양배추의 지하 수로를 흐르는 기록된 물길을 따라 이동하고 있었다….

10장
인간의 말이라고는 "아 아"밖에 모르는 개코원숭이 보스드나주에 관해서

크리스티앙 베크*에게

지로몽이 엄숙하게 말했다. "너, 네 이놈, 네
옷을 악천후용 돛으로, 네 다리를 돛대로, 네
팔을 활대로, 네 몸통을 배 골조로 삼아서,
네 배 속에 바닥짐 대신 여섯 치 철판을 쑤셔
넣어서 물속에 ○○ 처박을 테다…. 그리고
네가 배라면 네 그 커다란 머리가 선수상
역할을 할 테니, 그러면 난 너를 '비열한
개○○'라고 명명할 것이다."
— 외젠 쉬, 『불도마뱀』(악마들의 놀이)**

보스드나주는 개코원숭이로, 뇌수종에 걸려 머리가 개처럼 생기지 못했고, 또 그 탓에 동족의 다른 원숭이에 비해 덜 똑똑했다. 이 원숭이들이 엉덩이에 뽐내는 빨갛고 파란 굳은 살을 포스트롤은 신묘한 의술로 절제해 낸 뒤 담청색은 한쪽 뺨에, 진홍색은 다른 쪽 뺨에 이식해서 보

* Christian Beck (1879–916). 벨기에 작가. 1890년대 중후반에 파리에서 활동했으며, 조세프 보시(Josephe Bossi)라는 필명을 사용하기도 했다.

** Eugêne Sue (1804–57), *La Salamandre*, 1832. 이 책 14장 「악마들의 놀이(Le Pichon joueic deis diables)」는 악마와 사티로스로 분장해 행진하는 지방의 전통을 다룬다.

스드나주의 넓적한 얼굴을 삼색으로 꾸몄다.

선한 박사는 이에 만족하지 않고, 원숭이에게 말을 가르치려 했다. 보스드나주(이 이름은 위에 설명한 빰의 이중 돌출에서 유래했다.*)는 프랑스어를 완벽하게 익히지는 못했지만 벨기에어 단어 몇 개는 제법 정확하게 구사할 줄 알아서, 포스트롤의 조각배 후미에 걸려 있는 구명조끼를 "문구가 위에 적혀 있는 수영 방광"이라고 불렀다. 그러나 대개의 경우 그는 동어반복적 단음절로 말했다.

"아 아," 그가 프랑스어로 말했다. 그리고 아무 말도 덧붙이지 않았다.

이 인물은 앞으로 이 책에서 말이 너무 길어질 때마다 사이사이를 끊어 주는 역할을 하면서 매우 큰 쓸모를 발휘할 것이다. 빅토르 위고의 작품에서도 유사한 사례를 찾아볼 수 있다(「성주들」, 1부 2장).**

"그게 다입니까?"
— "아니요, 더 들어 보십시오."

플라톤의 저작에는 이런 대목이 무수히 많다.

— Ἀληθῆ λέγεις, ἔφη.
— Ἀληθῆ.

* Bosse-de-Nage. 'Bosse'는 혹, 'nage'는 고대 프랑스어로 '엉덩이'를 뜻한다.
** *Les Burgraves*, 1843. 빅토르 위고(Victor Hugo, 1802–885)의 희곡.

— Ἀληθέστατα.

— Δῆλα γάρ, ἔφη, καὶ τυφλῷ.

— Δῆλα δή.

— Δῆλον δή.

— Δίκαιον γοῦν.

— Εἰκός.

— Ἔμοιγε.

— Ἔοικε γάρ.

— Ἔστιν, ἔφη.

— Καὶ γὰρ ἐγω.

— Καὶ μάλ', ἔφη.

— Κάλλιστα λέγεις.

— Καλῶς.

— Κομιδῇ μὲν οὖν.

— Μέμνημαι.

— Ναί.

— Ξυμβαίνει γάρ οὕτως.

— Οἶμαι μὲν, καὶ πολύ.

— Ὁμολογῶ.

— Ὀρθότατα.

— Ὀρθῶς γ', ἔφη.

— Ὀρθῶς ἔφη.

— Ὀρθῶς μοι δοκεῖς λέγειν.

— Οὐκοῦν χρή.

— Παντάπασι.

— Παντάπασι μὲν οὖν.

— Πάντων μάλιστα.

— Πάνυ μὲν οὖν.

— Πεισόμεθα μὲν οὖν.

— Πολλὴ ἀνάγκη.

— Πολύ γε.

— Πολὺ μὲν οὖν μάλιστα.

— Πρέπει γάρ.

— Πῶς γὰρ ἄν.

— Πῶς γὰρ οὔ.

— Πῶς δ᾽ οὔ.

— Τὶ δαί.

— Τὶ μὴν.

— Τοῦτο μὲν ἄληθὲς λέγεις.

— Ὥς δοκεὶ.*

이후에는 르네이지도르 팡뮈플의 진술이 뒤따를 것이다.

* 플라톤에서 인용한 이 마흔두 개 구절은 모두 동의와 찬성을 나타내는 것으로, "사실입니다", "물론입니다", "정말로 그렇습니다", "의심의 여지가 없이 옳습니다" 등으로 번역될 수 있다. 그리스어 알파벳순으로 나열되어 있다.

3권
바다를 건너 파리에서 파리로,
또는 벨기에의 로빈슨

알프레드 발레트*에게

그러고는 당시 도시에는 어떤 학자들이
있으며 사람들은 무슨 포도주를 마시는지
알아보았다.
—『가르강튀아』 16장

* Alfred Vallette (1858–935). 문학지 『메르퀴르 드 프랑스(Mercure de France)』의 발기인 중 한 명으로, 평생 동안 이 비평지의 편집장 역할을 맡았다.

11장
방주 승선에 관해서

보스드나주는, 제자를 가르치는 고대 이집트인처럼, 조각배 양쪽 귀를 잡아 어깨에 얹고, 풀칠한 벽보를 펴듯 발바닥을 땅에 판판히 붙여 가며 종종걸음으로 내려왔습니다. 배의 적갈색 금속 밑면이 햇빛을 받아 송장헤엄치개 등껍질처럼 반짝이는 동안, 길다란 배는 12미터에 달하는 황새치 부리를 복도 바깥까지 내밀었습니다. 끝이 구부러진 노깃이 오래된 돌벽을 긁으면서 요란한 소리를 냈습니다.

"아 아!" 보스드나주가 조각배를 인도에 내려놓으며 말했습니다. 하지만 이번에는 그 어떤 말도 덧붙이지 않았습니다.

포스트롤은 이 견습 선원의 새빨간 뺨을 이동식 좌석의 레일에 문질러 기름칠했습니다. 살갗이 벗겨진 얼굴은 더욱 환하게 빛나면서 뱃머리에 닿을 때까지 부풀어 올라, 저희의 앞길을 밝히는 전조등이 되어 주었습니다. 배꼬리 쪽의 상아 의자에 자리를 잡은 박사는 나침반과 지도와 육분의 등 과학 기구가 잔뜩 쌓여 있는 줄마노 탁자를 두 다리 사이에 둔 채, 스물일곱 권의 등가 책에서 보전한 기이한 존재들과 제가 압수한 원고를 바닥짐 대신 발치에 던져 놓았습니다. 그는 키를 조절하는 두 개의 밧줄을 양 팔꿈치에 감고서, 자기 맞은편에 놓인 왕복운동을 하는 펠트 좌석에 앉으라고 제게 몸짓하더니(저는 이미 만취한 데다 반쯤은 설득당한 터라 이를 거스를 수 없었습니다.) 조각배 안쪽에 달린 가죽 족쇄를 제 발에 채운 다음 물푸레나무 노의 손잡이를 제 손에 던져 주었는데, 노깃은 마치 두 개 남은 공작 꼬리 깃털을 힘껏 펼친 것처럼 쩡하는 대칭으로 갈라졌습니다.

저는 어디로 가는지 모르는 채 뒤돌아 노를 저었고, 회색 수평선을 이룬 두 개의 축축한 밧줄 사이에서 사팔눈이 되어 등 뒤에서 형체들이 솟아날 때마다 예리한 노로 그 다리를 베어 냈습니다. 멀리 있는 다른 형체들은 저희 진로 방향을 따라왔습니다. 마치 짙은 안개 속에 잠기듯 사람들의 무리 속으로 진입하는 동안, 비단이 찢어질 때 나는 예리한 소리가 저희의 전진을 알리는 음향 신호가 되어 주었습니다.

저희를 뒤따라오는 먼 곳의 형체들, 그리고 저희가 가로지르는 가까운 형체들 사이에서 정지한 듯한 수직적 형체들을 관찰할 수 있었습니다. 포스트롤이 난박하지 않고 설명해 주길, 항해사의 몫은 뭍에 도달하는 것과 술을 마시는 것이며, 보스드나주의 역할은 저희가 방랑하다 들르는 곳마다 매번 조각배를 기슭으로 끌어올리는 것, 또 마찬가지로 끊어 갈 필요가 있을 때마다 자기 말로 저희 이야기를 방해하는 것이었습니다. 저는 마치 플라톤의 동굴 속에 있는 관찰자처럼, 나아가는 방향을 등진 상태에서 발견한 존재들을 바라보았고, 선장인 포스트롤 박사의 가르침을 계속해서 구했습니다.

12장
똥가득바다, 후각 등대, 그리고 저희가 술을 마시지 않았던 분변섬에 관해서

루이 L...*에게

“이 시체의 죽은 몸뚱이에서는, 노쇠해서 몸을 덜덜 떠는 흰머리 늙은이들과 말할 때나 침묵할 때나 똑같이 백치 같은 붉은 머리 젊은이들이, 마치 맵시벌이 알을 깔 구멍을 뚫는 것처럼, 흰빛과 잿빛이 뒤섞인 글씨 색깔의 점박이 새들에게 부리 가득 먹이를 주고 있는 것을 볼 수 있습니다. 이 죽은 몸뚱이는 섬이면서, 또한 인간입니다. 그는 스스로를 똥가득바다**의 일드브랑 남작이라고 칭합니다.” 박사가 말했습니다.

“이 섬은 척박하고 고립되어 있기 때문에 남작의 얼굴에는 수염이 한 올도 나지 않습니다. 그는 어린 시절부터 농포성 습진에 시달렸는데, 그의 유모—너무 늙은 이 여자의 조언을 들으면 비정상적인 양의 대변만이 야기될 뿐이었지만—가 예견하길, 이것은 남작이

* 루이 로르멜(Louis Lormel)이라는 필명으로 활동한 작가 루이 리보드(Louis Libaude, 1869–922)를 암시한다. 작가이자, 미술상, 그리고 말 감정사였던 리보드는 1897년 발표한 단편에서 자리를 “죽음의 머리(la Tête de Mort)”로 악의적으로 등장시킨다.

** mer d’Habundes. 원문을 소리 내어 읽으면 ‘merde abunde’와 발음이 흡사한데, 이는 라블레의 『가르강튀아(Gargantua)』 9장에 인용된 속담 “a cul foyard toujours abunde merde(설사하는 엉덩이에 똥이 가득하다)”에서 착안한 것으로 보인다.

을 사람들에게 감추지 못할 거라는 징조였습니다.

남작은 뇌만, 특히 운동 기능을 담당하는 수질의 앞쪽 중추가 죽어서 썩어 버렸습니다. 이 무력증 때문에 우리 항로상에서 그가 사람이 아니라 섬인 것이고, 또 그 때문에(당신들이 얌전히 있으면 지도를 보여 드리죠)…."

"아 아!" 보스드나주가 갑자기 깨어나 말했습니다. 그러고는 다시 완고한 침묵 속에 자신을 가뒀습니다. 포스트롤이 말을 이어 갔습니다.

"…그 때문에 내 하천 지도에 그가 분변섬*이란 지명으로 적혀 있는 겁니다."

제가 말했습니다.

"예, 그런데 이 수많은 사람들, 그리고 시체 위에 부고를 실어 나르는 새들은 이 망망대해에서 무슨 수로 여기 위치를 정확히 알고서 이렇게 파도처럼 덮쳐 오는 겁니까? 이 늙은이와 젊은이들이 저와 같은 존재가 맞는다면, 전부 눈도 멀고 지팡이도 없는데 말입니다."

"여길 보십시오." 포스트롤은 이렇게 말하며 압류당한 원고 『파타피지크의 기초』의 N권 ζ장 「개들을 위한 오벨리스크 등대**에 관해서, 개들이 달을 향해 짖는

* Ile-de-Bran. 남작의 이름인 일드브랑(Hildebrand)과 발음이 같다. 한편 'bran'에는 똥이라는 뜻도 있다.

** Obeliscolychnies. 오벨리스크 모양의 등대로, 라블레의 『팡타그뤼엘(Pantagruel)』

동안」을 펼쳤습니다.

"코르비에르는 태풍 속에서 등대가 발○한다고 말했습니다.* 등대는 저 멀리 있는 구원과 진실과 아름다움의 장소를 가리키기 위해 손가락을 듭니다. 하지만 1만 한 번째 음향 구간이나 이 책을 쓸 때 비춘 적외선을 지각할 수 없는 것처럼, 두더지나 팡뭐플 당신의 눈에는 이 등대가 보이지 않습니다. 분변섬의 등대는 마치 너무 오랫동안 태양을 바라보고 난 후인 듯 캄캄하고, 지하 깊은 곳에 살며, 구멍 한 개로 배설하고 생식합니다. 이곳으로는 파도가 밀려오지 않기 때문에 소리를 듣고서 여길 찾아올 수도 없습니다. 게다가 어차피 당신 귀는 귀지에 막혀서 땅 아래로부터 오는 소리마저 듣지 못할 겁니다.

이 등대는 분변섬의 실체인 순수한 물질을 먹고 삽니다. 이 물질은 바로 남작의 영혼으로, 남작이 입으로 내쉬면 납을 입힌 바람총을 통해 분출됩니다. 낱장의 부고들은 이 냄새를 맡고, 술 마실 생각이라곤 전혀 들지 않는 동네들에서 까치 떼처럼 몰려와서, 납 바람총에서 뿜어져 나오는 연기 나는 시럽형 분출물로부터 생명을 (오로지 자기 것만) 빨아먹습니다. 한편 흰머리 노인네들은 자기 생명을 훔쳐 가지 못하도록 수도원을 설립해 들

제4서에 등장하기도 하는 단어다.

* 프랑스 시인 트리스탕 코르비에르(Tristan Corbière, 1845–75)는 시 「등대(Le Phare)」에서 이렇게 쓴다. "폭풍의 음경, (…) 스스로를 곧추세우고 [파도의] 분노를 비웃으며 한껏 발기한다."

어간 뒤, 남작의 시체 위에 작은 예배당을 짓고 **최고 가톨릭**이라고 명명했습니다. 점박이 새들은 이곳에 둥지를 틀고 삽니다. 사람들은 이 새들을 새끼 들오리*라고 부릅니다. 하지만 우리 파타피지크학자들은 간명하고 솔직하게 똥벌레라고 부릅니다."

* 들오리의 새끼를 일컫는 'halbran'이라는 단어는 'bran(똥)'의 철자를 포함한다.

13장
레이스의 나라에 관해서

오브리 비어즐리*에게

이 불쾌한 섬을 뒤로한 채, 지도를 다시 접어 넣고서, 저는 발가락에 족쇄를 차고 목마름에 혀를 길게 뺀 상태로—그 섬에서 물을 마셨다면 저희는 죽었을 겁니다.—또다시 여섯 시간 동안 노를 저었는데, 포스트롤이 키에 연결된 밧줄 두 개를 평행으로 계속 흔드는 바람에 어찌나 곧추 앉아야 했던지, 후진하는 내내 분변섬에서 쉼 없이 피어오르는 연기를 박사의 어깨가 가리기 직전까지 두 눈으로 관찰할 수 있을 정도였습니다. 갈증에 시달려 혈색마저 나빠진 보스드나주는 희끄무레한 빛만을 내비쳤습니다.

그때, 그보다 더 순수한 빛이 어둠을 갈랐습니다. 세상의 잔혹한 탄생과는 전혀 다른 빛이었습니다.

레이스의 왕은 역행하는 줄을 꼬는 밧줄 제작자처럼 빛을 자았고, 침침한 공중에 띄워진 실 가닥들은 거미줄 같이 잠시 살랑거렸습니다. 성에가 창유리에 잎사귀를 하나씩 새겨 넣듯 실로 숲을, 그리고 성탄절 눈 속

* Aubrey Beardsley (1872–98). 영국 삽화가. 가는 선으로 흑백의 드로잉을 주로 그렸으며, 오스카 와일드, 알렉산더 포프, 에드거 앨런 포의 소설들, 그리고 『천일야화』의 삽화를 그렸다.

의 성모와 아기 예수를 짰고, 뒤이어 보석과 공작과 드레스로 빚어지며 라인강의 딸들이 추는 수중춤처럼 서로와 뒤섞였습니다. 미남 미녀 들이 부채 흉내를 내며 으스대고 뽐내던 중에, 비명 소리가 이 침착한 대열을 뒤흔들었습니다. 아직 한참 이른 시간, 공원의 나무에 올라앉은 흰 공작새들 사이로 횃불 하나가 간교하게 잠입해 새벽빛이 비친 꼬리털의 눈알을 흉내 내자 새들이 어수선하게 항의하는 모양새처럼, 꾸밈없는 한 형태가 갈퀴질한 송진 나무숲 가운데에 둥글게 모였습니다. 그리고 피에로가 달의 뒤엉킨 실타래의 혼돈을 노래하듯, 가차 없는 기름과 항아리 속 어둠에 갇혀 울부짖는 알리바바로부터 땅 아래 묻혀 있던 낮의 역설이 솟아올랐습니다.

제가 보기에, 보스드나주는 이 경이로운 전조를 조금도 이해하지 못한 것 같았습니다.

그는 간략하게 "아 아,"라고 말했고, 그 이상으로 상념에 빠지지는 않았습니다.

14장
사랑의 숲에 관해서

에밀 베르나르*에게

물 밖으로 나온 청개구리처럼, 조각배는 빨판을 이용해 미끄러운 내리막길을 따라 기어갔습니다.

파리의 이 동네에는 승합마차도, 기차도, 전차도, 자전거도 다니지 않았으며, 호기심 많은 자들이 여행 중에 찾아온 스물일곱 권의 가장 훌륭한 예술적 정수를 발치에 놓고 있는 파타피지크학자와 팡뮈플이라는 이름의 집행관(이하 르네이지도르로 서명), 그리고 인간의 말이라고는 '아 아'밖에 모르는 뇌수종 걸린 개코원숭이를 태우고 동일 면상에 놓인 세 개의 작은 강철 바퀴로 구르는, 빛이 새어 들어오는 구리 직물 배도 아마 다닌 적 없었을 겁니다. 저희가 이곳에서 가스 가로등 대신 발견한 것은 돌을 깎아 만든 오래된 석조물, 하트 모양으로 주름 잡힌 옷 안에 웅크리고 있는 녹색 조각상, 말로 표현할 수 없는 플라졸렛**을 불며 원무를 추는 이성애자 무리, 그리고 껍질의 봉합선을 따라 가로로 길게 벌어진 견

* Émile Bernard (1868–941). 프랑스 후기 인상주의 화가. 폴 고갱, 폴 세뤼지에 등과 함께 1880년대 말 프랑스 서북부의 퐁타방(Pont-Aven)에 머무르며 그림을 그렸는데, 이들이 그림 배경으로 자주 삼은 곳이 퐁타방 근교의 '사랑의 숲(Bois d'Amour)'이다.
** flageolets. 목관악기의 일종.

과 같은 눈을 한 여자들이 있는 해초 빛깔의 예수수난상이었습니다.

내리막길 끝에 느닷없이 삼각형 광장이 열렸습니다. 하늘 또한 함께 열렸고, 목구멍으로 넘어가는 프레리 오이스터*의 노른자처럼 태양이 터져 나왔으며, 창공은 붉은 푸른색으로 변했습니다. 바닷물은 증기가 날 정도로 덥혀졌고, 사람들의 여러 번 물들인 옷은 흐릿한 보석의 빛깔보다 더 눈부시게 얼룩진 모습이었습니다.

"당신들은 그리스도교인입니까?" 얼룩덜룩한 작업복을 입은 그을린 사람이 이 작은 삼각형 마을의 한가운데에 서서 물었습니다.

저는 잠시 생각한 뒤에 대답했습니다.

"아루에 선생, 르낭 선생, 그리고 샤르보넬 선생과 같은 식으로요."**

"나는 신입니다." 포스트롤이 말했습니다.

"아 아!" 보스드나주는 이렇게 말한 뒤 어떤 부언도 하지 않았습니다.

결국 저는 뒤에 남아 조각배를 지켰고, 같이 있던

* prairie-oyster. 날계란과 우스터소스 등을 넣은 칵테일. 원문에 영어로 표기됨.
** 차례대로 볼테르 — 본명 프랑수아마리 아루에(François-Marie Arouet, 1694–778) — 와 에르네스트 르낭(Ernest Renan, 1823–92), 빅토르 샤르보넬(Victor Charbonnel, 1863–926)을 가리킨다. 볼테르는 프랑스 계몽기의 대표적 학자로 로마가톨릭교회를 꾸준히 비판했고, 언어학자이자 철학자였던 르낭은 저서 『예수의 삶(Vie de Jésus)』에서 예수를 신이 아닌 인간으로 묘사했다. 신부 샤르보넬은 1900년 파리 만국박람회에 맞춰 여러 신앙 간 대화와 교류를 위한 세계종교의회(Congrès universel des religions)의 개최를 추진했으나, 1897년 환속하면서 계획도 무산되었다.

원숭이 견습 선원은 제 어깨 위에 올라타거나 제 등줄기에 오줌을 누면서 시간을 보냈습니다. 하지만 영장 묶음을 휘둘러 원숭이를 쫓아내는 와중에도, 저는 포스트롤의 답변을 기꺼이 수긍했던 얼룩덜룩한 차림의 남자가 보이는 태도를 멀리에서 유심히 관찰했습니다.

두 사람은 커다란 성문 아래에 앉아 있었고, 성문 뒤에는 또 다른 성문이, 그 뒤에는 정교하게 장식된 양배추 밭이 푸르르고 기름지게 빛났습니다. 그 사이에 있는 곳간과 타작마당에 식탁과 술병과 벤치가 줄지어 벌여진 가운데, 마름모꼴 얼굴과 새 솜털 같은 머리색을 하고 사파이어 빛깔 벨벳으로 차려입은 사람들이 북적댔고, 보송한 땅바닥과 사람들 목덜미는 마치 암소의 털 같았습니다. 푸르고 노란 초원 위에서 남자들이 몸싸움을 하자, 놀란 회색 사암 빛깔 두꺼비의 울음소리가 제가 있는 배까지 들려왔습니다. 사람들은 쌍을 이루어 가보트*를 추었고, 갓 비운 술통 위에서는 백파이프가 숨을 내불며 흰 은박과 보라 비단으로 된 리본들을 흩날렸습니다.

곳간에 있던 무용수 2천 명이 한 명씩 나와 포스트롤에게 납작한 과자와 정육면체로 단단하게 굳힌 우유, 그리고 주교의 자수정 반지 바깥지름만큼이나 두꺼워서 골무만큼만 담아내는 유리잔에다 특이한 술을 바쳤습니다. 박사는 술을 전부 마셨습니다. 그 후 모든 사람들이

* gavotte. 남녀가 쌍을 이뤄 추는 프랑스 민속춤의 일종.

바다를 향해 조약돌을 하나씩 던졌고, 이를 막아 내느라 제 손바닥에 난 초보 뱃사공의 물집들이, 그리고 보스드나주의 오색찬란한 광대뼈가 긁히고 찢겼습니다.

"아 아!" 보스드나주는 으르렁거리며 분노를 표출했으나, 다시 침묵 선언을 다잡았습니다.

종소리가 울리자 박사는 안내인이 순전히 무상으로 준 커다란 지도 두 개를 들고 돌아왔습니다. 하나는 이 땅의 자연환경을 나타낸 것으로, 삼각형 광장을 둘러싼 숲을 사실적으로 묘사한 태피스트리였습니다. 한결같은 하늘빛 풀밭 위로 선홍색 나뭇잎이 우거져 있고, 곳곳에 무리를 지은 여자들, 흰색 헝겊 모자의 장식이 무리마다 이룬 파도들이 소리 없이 땅에 닿아 부서지면서 새벽 그림자 속에 괴이한 원을 만들고 있었습니다.

그 아래에는 '사랑의 숲'이라고 적혀 있었습니다. 두 번째 지도는 이 행복한 땅에서 나는 모든 작물들, 통통하고 노란 돼지를 데리고 시장에 나온 통통하고 푸르고, 옷이 꽉 껴 소시지 같은 사람들을 나열했습니다. 모두가 백파이프 연주자의 볼처럼, 바람을 내뿜기 직전의 백파이프처럼, 혹은 위(胃)처럼 부풀어 올라 있었습니다.

그리스도교 주인은 포스트롤에게 깍듯이 작별을 고한 뒤, 자기 배를 타고 더 먼 곳의 나라로 떠났습니다. 저희는 수평선의 붉은 선이 배의 장밋빛 돛을 가르는 것을 바라보았습니다.

저희는 뇌수종 원숭이의 살찐 볼을 다시 펠트 좌석

의 레일에 문질렀습니다. 저는 노를, 포스트롤은 키를 조종하는 비단 줄을 다시 잡고, 사공의 반복 동작에 맞추어 몸을 웅크렸다 뻗으며 마른 땅의 평평한 파도 위로 나아갔습니다.

15장
거대한 검정 대리석 층계에 관해서

레옹 블루아*에게

골짜기를 벗어나면서 저희 일행은 마지막 예수수난상 앞을 지났는데, 무시무시할 정도로 커서 얼핏 보면 마치 웅장한 흑색 제단으로 착각할 법했습니다. 짙은 대리석으로 만든 이 비현실적인 피라미드의 뭉뚝한 꼭짓점 위에는 여신 타니트**를 섬기는 개 머리의 반인반수 같은 시종 두 명이 서 있었고, 둘 사이에는 거인 왕의 머리가 달의 불가마 앞에서 새카맣게 탄화하고 있었습니다. 왕은 호랑이의 늘어지는 목덜미 가죽을 움켜쥐고, 똥가득바다 사람들이 무릎걸음으로 층계를 기어올라 오도록 명령했습니다. 사람들이 계단 층층마다 있는 칼날에 뼈가 썰린 채 도착하면, 주먹에 찬 푸줏간 갈고리로 이들의 살을 꿰어 이 무시무시한 포식자가 집어삼키게 줬습니다.

왕은 예를 갖춰 포스트롤을 맞이했고, 예수수난상 위로 팔을 높이 들어, 똥가득바다 전복 스물네 개를 유니콘 뿔에 꿴 노자 성체를 저희 조각배에 실어 주었습니다.

* Léon Bloy (1846–917). 프랑스의 소설가, 비평가, 시인. 과격한 가톨릭교도이기도 했다. 블루아의 소설 『절망한 자(Le Désespéré)』 주인공 마르슈누아르(Marchenoir)의 이름에는 '검은 계단'이라는 뜻이 있다.
** Tanit. 카르타고의 달의 여신.

16장
무정형 섬에 관해서

프랑노앵*에게

이 섬은 아메바 같은 원형질의 연산호처럼 보였습니다. 섬에 자라는 나무들은 저희를 향해 뿔을 세우는 달팽이의 몸짓과 다를 바 없이 움직였습니다. 섬의 정부는 과두제였습니다. 그중 한 왕은, 그가 쓴 이중관**의 높이에서 알 수 있듯이, 하렘의 헌신에 기대어 살았습니다. 질투가 발동한 의회의 판결을 피해서, 왕은 지하 하수구를 통해 큰 광장의 기념비 아래까지 기어가 기념비가 두 손가락 두께의 껍데기로 남을 때까지 속을 갉아먹었습니다. 이로써 왕과 교수대 사이에는 두 손가락 두께만큼의 간격만 남게 된 것입니다. 주상 고행자 시메온***처럼 왕은 속이 빈 기둥 속에 스스로를 가두었는데, 기둥머리의 단에 다른 장식 없이 인물 조각상만 놓는 것이 요즘 유행하

* Franc-Nohain. 프랑스 시인 모리스 에티엔느 르그랑(Maurice Étienne Legrand, 1872–934)의 필명이다. 그의 시집 『플루트: 무정형 시(Flûtes: poèmes amorphes)』(1898)에 실린 시 「방심한 조카들의 수색(Ronde des neveux inattentionnés)」에는 이 장의 여섯 번째 왕의 이야기를 연상케 하는 후렴구가 반복된다. “오점형으로 심긴 나무 아래에서는 / 우린 삼촌들을 찾지 못할 것이다.”
** pschent. 이집트 파라오의 왕관 중 하나로, 하이집트를 상징하는 붉은 관과 상이집트를 상징하는 흰 관을 결합한 형태다.
*** 주상 고행자 시메온은 390년경 태어난 수도사로 40년 가까이 기둥 꼭대기에서 고행을 계속했다고 전해진다.

는 데다가, 그야말로 악천후에 최적화된 카리아티드*였기 때문입니다. 왕은 거대한 수직의 사다리 위에서 일하고 잠자고 사랑을 나누고 술을 마셨으며, 혼인의 창백함만을 등불로 삼은 상태로 깨어 있는 시간을 보냈습니다. 그의 소소한 성취 중 하나는 이인승 자전거의 발명으로, 페달의 힘을 사륜차만큼 끌어올릴 수 있었습니다.

어로법에 심취한 또 다른 왕은 낚싯줄을 강바닥과 닮은 허리띠 모양 철길로 장식했습니다. 하지만 무자비한 청춘기에 있는 이 열차들은 물고기들을 앞쪽으로 몰며 뒤쫓거나 입질의 배아들을 배 속에서 으스러뜨렸습니다.

세 번째 왕은 동물들도 이해할 수 있는 낙원의 언어를 되찾았고, 그의 가르침으로 몇 마리는 이 언어를 완벽하게 구사할 수 있게 되었습니다. 그는 전기 잠자리를 만들고, 숫자 3을 사용하여 셀 수 없이 많은 개미의 수를 세었습니다.

수염 하나 없이 매끈한 얼굴이 특징적인 다른 왕은 저희에게 각종 유용한 묘수들을 전수해 주었고, 그로써 저희는 한가로운 저녁 시간을 알뜰하게 활용하고, 만취 상태의 신용을 보강하고, 아카데미프랑세즈의 상을 재능의 낭비 없이 쟁취할 수 있게 되었습니다.

다른 왕은 상반신만 있는 인물들로 인간의 생각을 흉내 내어, 그 속에 순결한 것들만 남기고자 했습니다.

* cariatide. 여자의 모습으로 조각한 기둥.

그리고 또 하나의 왕은 프랑스인의 특질을 헤아리기 위해 두툼한 책을 만들었는데, 프랑스인들은 세련된 만큼 용감하고 재치 있는 만큼 세련되다는 것이 그의 주장이었습니다. 본인의 저술에 몰두하기 위해, 왕은 시골길을 산책하던 중에 어린 후계자의 순간적 방심을 틈타 고의로 아이를 삼림 한가운데서 잃어버렸습니다. 그리하여 저희와 왕들이 거대한 계단의 층층마다 앉아 마지막 왕이 베푸는 연회를 즐기고 보스드나주는 자리에 발을 딱 붙이고 있는 임무를 수행하는 동안, 왕의 조카들이 근 며칠에 이어 오늘도 오점형(五點形)*으로 심긴 나무들 사이를 헤매며 고귀한 미아를 애타게 찾고 있음을 알리는 신문팔이들의 외침이 커다란 광장에서 들려왔습니다.

* quinconce. 사각형의 네 꼭짓점과 중심점에 식물을 심는 방식.

17장
향기로운 섬에 관해서

폴 고갱*에게

향기로운 섬은 매우 섬세해서, 저희가 다가가자 섬을 요새처럼 둘러싸고 있던 돌산호가 산홋빛 참호 속으로 움츠러졌습니다. 저희가 조각배의 계선삭을 동여맨 커다란 나무는 마치 햇볕 아래 꾸벅거리는 앵무새처럼 바람에 흔들렸습니다.

작은 배에 타고 있던 이 섬의 왕은 벌거벗은 채로 흰색과 푸른색의 띠왕관만을 허리에 차고 있었습니다. 로마 황제의 전차 경주에서처럼 왕은 하늘과 신록을 두르고 있었고, 높은 좌대에 올라선 듯 머리칼은 붉었습니다.

저희는 왕의 건강을 기원하며 식물성 반구에다 발효시킨 술을 마셨습니다.

왕의 역할은 백성을 위해 신들의 이미지를 수호하는 것이었습니다. 왕은 이미지 중 하나를 배의 돛대에 세 개의 못으로 고정해 놓았는데, 마치 삼각형 돛처럼, 혹은 북방에서 잡아 온 말린 생선의 황금 등변형처럼 보였습니

* Paul Gauguin (1848–903). 프랑스의 후기 인상주의 화가. 「여인들이여 사랑을 해라 그러면 행복해질 것이다(Soyez amoureuses vous serez heureuses)」(1889)와 「여인들이여 신비를 간직하라(Soyez mystérieuses)」(1890)라는 목판 부조 두 점을 만들기도 했다.

다. 한편 왕은 아내들의 처소에 성스러운 시멘트로 사랑의 황홀과 뒤틀림을 포착해 놓았습니다. 서로서로 얽혀 있는 이 싱싱한 젖가슴과 엉덩이에서 멀찌감치 떨어진 곳에서는, 무녀들이 행복의 이중 공식을 기록하고 있었습니다. '여인들이여, 사랑을 해라', 그리고 '신비를 간직하라'.

왕은 일곱 가지 영원한 빛깔의 일곱 줄 현이 있는 키타라를 소유하고 있었으며, 땅의 향기로운 원천들을 연료로 삼는 등잔도 궁에 갖추고 있었습니다. 왕이 강변을 따라가면서 키타라 반주에 맞춰 노래하거나 신들과의 유사성을 해치는 새순을 도끼로 잘라 내며 살아 있는 나무의 이미지를 가지치기할 때면, 그의 아내들은 침대에 굴을 파 숨었고, 죽음의 정령의 파수하는 시선이, 커다란 등잔의 향기로운 도자기 눈이 낳는 공포의 무게가 그들의 치부를 짓눌렀습니다.

저희 조각배가 암초에서 벗어나고 있을 때, 녹색 해초가 달린 늙수레한 게처럼 북슬북슬하고 두 다리가 없는 작은 앉은뱅이를 왕의 아내들이 뒤쫓는 장면이 보였습니다. 난쟁이 같은 몸통에 걸친 장터 격투사용 타이츠가 왕의 나체를 시늉하고 있던 것입니다. 앉은뱅이는 가죽끈을 감은 주먹으로 땅을 짚어 깡충거리며 나아갔고, 그를 받치고 있는 작은 바퀴를 들들 굴려서 마침 저희 진로를 가로지르던 '코린트의 승합마차'*를 쫓아 승강

* 『코린트의 승합마차(L'Omnibus de Corinthe)』는 1896년부터 2년간 발간되었던 계간 풍자 모음집으로, '모두가 코린트에는 갈 수 있는 것은 아니다(Non licet omnibus adire

구에 기어오르려 했습니다. 하지만 예사 사람에게는 불가능한 도약이었습니다. 앉은뱅이는 처절하게 실패했고, 그의 둔부용 변기에 외설적이기에는 너무 우스꽝스러운 금이 갔습니다.

Corinthum)'라는 라틴어 속담에서 제목을 따온 것으로 보인다.

18장
정크선이기도 한 떠도는 성에 관해서

귀스타브 칸*에게

나침반을 주시하던 포스트롤은 저희가 파리의 북동쪽에서 그리 멀리 떨어져 있지 않을 것이라고 판단했습니다. 처음에는 소리만 들리다가 곧이어 눈앞에 모습을 드러낸 바다의 수직 유리창은, 모래의 해골 역할을 하는 뿌리뿐인 식물들이 만든 요새로 지탱되고 있었습니다. 저희는 평행한 레비아탄을 닮은 끈적끈적한 방파제들 사이로 진입해 곱고 긴 해변 위로 미끄러지듯 들어갔습니다.

배의 뼈대가 자는 초록빛 잠 맞은편에 서 있는 기념비들이 주석으로 도금한 하늘 위에 거꾸로 비쳤습니다. 선박들은 뒤집힌 채로, 보이지 않는 미래와 대칭을 이루어 하늘을 가로질렀고, 여전히 멀리 있는 리듬 성의 지붕도 보였습니다.

지칠 줄 모르는 노꾼으로서 저는 수 시간 동안 노를 저었지만, 성이 신기루를 따라 계속해서 멀어지는 탓에 포스트롤은 성 가까이 배를 댈 곳을 찾는 데 번번이 실패했습니다. 빈집들이 복잡한 거울로 된 겹눈으로 저

* Gustave Kahn (1859–936). 프랑스의 시인이자 비평가. 칸의 첫 번째 시집 『유랑하는 궁전들(Palais nomads)』(1887)에는 "기이한 정크선을 타고 항구 멀리에서 끝맺기(Finir loin des ports en jonque bizarre)"라는 구절이 등장한다.

희의 거취를 염탐하던 좁은 골목을 지나서야, 마침내 뱃머리의 취약한 소리와 함께 방랑하는 건물로 이어지는 나무 창살 덮인 계단에 닿았습니다.

저희는 조각배를 강기슭 위로 끌어올렸고, 보스드나주는 선구와 보물을 깊은 동굴에 묻었습니다.

"아! 아!"라고 보스드나주는 외쳤으나, 그 이후의 말은 들을 수 없었습니다.

성은 모래를 넣어 누빈 잠잠한 물 위에 떠 있는 기묘한 정크선이었습니다. 포스트롤은 물 아래에 아틀란티스의 딸들이 있다고 제게 알려 주었습니다. 갈매기들은 하늘의 푸른 종 안에 달린 추처럼, 또는 징의 청동을 꾸미는 장식처럼 진동했습니다.

섬의 영주는 모래언덕을 심은 정원을 두 발로 펄쩍펄쩍 뛰어넘어 왔습니다. 검은 턱수염에, 먼 옛날의 산호로 지은 갑옷을 입고, 바랜 터키석이 박힌 은반지를 여러 손가락에 끼고 있었습니다. 온갖 종류의 훈제 고기가 제공되었고 그 사이사이에 저희는 네덜란드 진과 쌉쌀한 맥주를 마셨습니다. 각종 금속으로 주조된 종들이 울리며 시간을 알렸습니다. 저희의 과언한 갤리선 갑판원이 계선삭을 끄르는 순간, 성은 무너져 죽었고, 모래의 불을 가르는 거대한 정크선*으로 다시 나타난 모습이 저 먼 곳의 하늘에 비쳤습니다.

* junk船. 송나라 때 발달한 중국식 목조 범선.

19장
프틱스 섬에 관해서

스테판 말라르메*에게

프틱스 섬은 동명의 돌 한 덩어리가 이룬 땅으로, 전체가 이 돌로만 구성된 이 섬에서만 찾아지기 때문에 그 가치를 헤아릴 수 없습니다. 백색 사파이어의 고요한 반투명함을 지녔으며, 만지는 순간 얼어붙는 게 아니라 술을 소화시킬 때처럼 몸속으로 불이 전해지며 퍼져 나가는 유일한 보석입니다. 다른 돌들은 트럼펫의 비명 소리처럼 차갑지만 이것은 팀파니 표면의 침전된 열기를 품고 있습니다. 돌이 탁자처럼 재단되어 있어 배를 손쉽게 댈 수 있었는데, 섬에 발을 디디자 마치 불 밝힌 오래된 등같이, 불길에서 혼탁하거나 지나치게 눈부신 부분을 정화해 낸 태양 위에 선 느낌이 들었습니다. 그와 함께 저희는 사물의 우연이 아닌 세계의 실체를 관찰할 수 있게 되었고, 이 무결한 지표면이 불변의 원리에 따라 평형을 이룬 액체인지, 아니면 수직으로 떨어지는 빛 외에는 아무것도 침투하지 못하는 다이아몬드인지는 따라서 전혀

* Stéphane Mallarmé (1842–98). 프랑스의 상징주의 시인. 프틱스(ptyx)는 "yx로 끝나는 소네트(Sonnet en yx)"라는 별칭으로 불리기도 하는 시 「순결한 손톱들이(Ses ongles purs)」에서 단 한 번만 사용된 낱말이다. 시인은 'yx'와 각운이 맞도록 어떤 언어에서도 존재하지 않는 단어를 새롭게 고안해 내고자 했다. 말라르메는 자리가 이 소설을 쓰던 중 사망했다.

개의치 않았습니다.

섬의 영주는 선박을 타고 저희 쪽으로 다가왔습니다. 배 굴뚝이 머리 뒤로 푸른 후광을 둥글게 뿜어내자, 영주의 담배 파이프에서 피어오른 연기가 두드러지며 하늘에 새겨졌습니다. 그의 흔들의자는 규칙적인 키 질에 맞추어 끄덕이며 환영의 몸짓을 취했습니다.

영주는 여행용 모포 아래에서 껍질에 색칠한 달걀 네 개를 꺼내서, 음료를 마신 다음 포스트롤 박사에게 건네주었습니다. 저희가 마신 펀치에 불꽃이 일자 타원형의 배아가 부화하면서 섬 가장자리까지 활짝 피어났습니다. 그리고 저 멀리, 팬파이프의 프리즘 모양 삼위일체를 하나씩 고립시킨 기둥 두 개의 코니스*가 동시에 분출하면서, 소네트**의 사행시 연이 네 손가락짜리 악수로 펼쳐졌습니다. 이 개선문의 갓 태어난 투영 속에서 저희 조각배는 해먹을 고요히 흔들었습니다. 밝은 기계 선박은 목신의 북슬북슬한 호기심을, 선율이 아름다운 창조 때문에 선잠에서 깨어난 님프들의 장밋빛 생기를 흐트러뜨리면서, 푸르스름한 연기와 작별 인사를 하는 흔들의자를 섬의 지평선 쪽으로 물렸습니다.***

* cornice. 기둥, 건물 처마, 대문 등 건축 요소나 가구의 윗부분을 꾸미는 돌을장식.
** sonnet. 4행시 2연과 3행시 2연으로 구성된 정형시의 일종.
*** 이 책이 쓰인 이후, 이 섬을 둘러싼 강은 장례 화환으로 변했다. — 원주

20장
헤르 섬, 키클롭스, 그리고 수정으로 된 커다란 백조에 관해서

앙리 드 레니에*에게

헤르 섬은 프틱스 섬과 마찬가지로 보석 하나가 이룬 섬으로, 팔각형 요새가 튀어나온 모양이 벽옥 분수의 수반과 닮았습니다. 메르쿠리우스에 봉헌된 이교도 섬이기 때문에 지도에는 험 섬**이라고 표기되어 있고, 주민들은 섬의 아름다운 정원에 빗대 호르트 섬***이라고 불렀습니다. 포스트롤은, 이름을 읽을 때 반드시 고대로부터 전해오는 진정한 뿌리만을 고려해야 하며, 계통수에 따르면 음절 '헤르(her)'는 '영주의'와 비슷한 뜻을 지닌다****고 제게 일깨워 주었습니다.

이 섬의 수면(단단한 땅 위를 항해하던 터라, 당연한 사실이지만 모든 섬들은 호수처럼 보였습니다.)은 거

* Henri de Régnier (1864–936). 프랑스의 상징주의 시인. 렌즈가 하나뿐인 단안경을 썼다. 1895년 출간된 그의 소설『검은 클로버(Le Trèfle noir)』에는 헤르마스(Hermas), 헤르마고라스(Hermagoras), 헤르마크라투스(Hermacrate), 헤르모티무스(Hermotimus) 등 '헤르(Her)'로 시작되는 고대 그리스식 이름을 지닌 인물들이 다수 등장한다.

** 험(Herm)은 영국해협 채널제도에 속하는 넓이 2제곱킬로미터의 작은 섬이다. 라블레의『팡타그뤼엘』제4서에서 팡타그뤼엘의 여정을 안내하는 제노마네스는 험 섬을 약탈자의 섬으로 묘사한다.

*** 그리스어 'hortus'는 정원, 공원 등을 뜻한다.

**** 그리스어 'herus'는 '주인의, 영주의, 군주의' 등의 뜻이다.

울처럼 미동도 하지 않습니다. 물수제비뜨듯이 스치는 게 아니고서야 그 위로 배가 지나는 모습을 상상하긴 어렵습니다. 거울에는 어떠한 물결도, 심지어 거울 자체의 물결마저 비치지 않기 때문입니다. 그런데 분첩처럼 천진한 커다란 백조 한 마리가 그 위를 노닐고, 주위의 고요함을 깨트리지 않은 채 때때로 날개를 칩니다. 부채질이 충분히 빨라지면 그 투명함 너머로 섬 전체가 눈에 들어오면서, 부채가 공작 꼬리 모양 분수 줄기처럼 펼쳐집니다.

물줄기가 다시 수반 위로 떨어지게 내버려 둬서 수면의 광택을 흐리게 한다는 것은 헤르의 정원사들에게 있을 수 없는 일입니다. 물뭉치들은 나지막한 높이에서 구름같이 층층이 퍼져 나가고, 땅과 하늘의 두 평행 거울은 영원히 서로를 마주한 두 개의 자석처럼 상호적 공백을 보전합니다.

이곳에서의 행동은 모두 고릿적과 마찬가지로 '격식'을 따랐는데, 이 단어는 그 당시에 '풍속'이라는 뜻으로 사용되었습니다.

섬의 영주는 키클롭스였지만, 그렇다고 해서 율리시스의 전략을 저희가 되풀이할 필요는 없었습니다. 그의 이마에 달린 눈 앞에는, 은을 입힌 거울 두 개가 야누스 형 틀 위에 등을 맞대고 있는 형태의 머리 장신구가 드리워져 있었습니다. 포스트롤은 이중 은칠의 두께가 정확히 1.5×10^{-5} 센티미터임을 계산해 냈습니다. 전설

속 용의 이마에 달린 석류석*처럼 거울은 저희 쪽으로 빛을 반사했고, 포스트롤이 알려준바, 그를 통해 섬의 영주는 우리가 인지하지 못하는 자외선 형체들을 뚜렷이 식별해 냈습니다.

영주의 명령에 따라 팬파이프의 해묵은 위계에 맞춰 다듬은 이중의 갈대 울타리 사이로, 영주가 잔걸음 치며 다가왔습니다. 그의 급사장들은 저희에게 설탕과 탱자 4분의 1 조각을 대접했습니다.

공작 꼬리의 홑눈들처럼 펼쳐진 드레스를 입은 영주의 아내들은 섬의 유리 잔디밭 위에서 저희를 위한 춤을 선보였습니다. 하지만 물보다 옅은 청록색의 잔디 위를 걷기 위해 여자들이 옷자락을 들어 올리자, 솔로몬이 시바 섬에서 불러온 여왕 발키스가 수정 마루를 깐 홀에서 자기 당나귀 다리를 드러낸 때처럼, 염소 발굽과 텁수룩한 아랫도리가 시야에 들어왔고, 저희는 공포에 사로잡혀 항구의 벽옥 계단 아래에 있던 조각배에 몸을 던졌습니다. 저는 노를 젓기 시작했고 보스드나주는 공동의 경악을 적절히 번역했습니다.

"아 아!"라고 그는 말했으나 아마 공포가 그의 다음 말문을 막은 듯했습니다.

섬에서 뒤로 물러나면서 저는 몸을 최대한 수직을 세워 헤르 영주의 시선을, 등대 신호기의 반사 렌즈와 닮

* 유럽 전설에 따르면, 날개 달린 용인 와이번(wyvern)의 이마 중앙에 이 보석이 박혀 있다.

은 그 자개 안와 속 인공 눈을 포스트롤의 머리로 잠시나마 가리려고 애썼습니다.

21장
시릴 섬

마르셀 슈오브*에게

첫눈에 시릴 섬은 화산의 붉은 화염, 혹은 별똥별이 떨어질 때 튀는 핏빛 펀치처럼 보였습니다. 더 유심히 보니, 섬은 움직이는 장갑된 사각형 모양이었고, 네 모서리에 달린 나선은 반(半)대각선의 독립형 축들로 지탱되고 있어서 모든 방향으로 나아갈 수 있었습니다. 저희가 대포의 사정거리 안에 들어왔음을 깨달은 것은, 이미 포탄 하나가 보스드나주의 오른쪽 귀와 이빨 네 개를 앗아 간 후였습니다.

"아 아!"라고 비비가 떠듬거렸습니다. 하지만 왼쪽 광대돌기에 박힌 강철 원통뿔 때문에 나오려던 세 번째 말이 쑥 들어갔습니다. 더 긴 대답을 기다려 주는 대신, 움직이는 섬은 해골과 새끼 염소를, 포스트롤은 위대한 배때기 기사단의 휘장을 들어 올렸습니다.

인사를 나눈 박사는 키드** 대위와 흥겹게 진을 들이켰고, 저희 조각배를 불태우고(조각배는 파라핀으로

* Marcel Schwob (1867–905). 프랑스의 소설가, 저술가. 그의 소설집 『상상의 삶(Vies imaginaires)』(1896)에 실린 단편들은 각각 역사 속 인물들을 다루는데, 그중에는 영국의 군인이자 극작가인 시릴 투르너(Cyril Tourneur, ?–1626), 그리고 해적 윌리엄 키드(William Kidd, 1654–701)가 있다.
** Kid. 영어로 새끼 염소라는 뜻을 지닌다.

칠하긴 했지만 불연소성입니다.) 보스드나주와 저를 약탈한 다음 돛의 활대에 매달려 드는(조각배에는 활대가 없습니다.) 대위를 무사히 진정시켰습니다.

저희는, 보스드나주의 턱 빠질 듯한 공포에도 불구하고, 강에서 함께 원숭이를 낚시했고, 그후 섬의 안쪽을 방문했습니다.

화산의 붉은 불빛 때문에 눈이 부셔서, 도착했을 때는 그림자도 없는 어둠에 둘러싸인 듯 거의 아무것도 보이지 않았지만 매혹적인 용암의 굽이치는 희미한 빛 정도는 따라갈 수 있었고, 그 끝에서 저희는 등불을 들고 섬을 뛰어다니는 아이들을 발견했습니다. 이 아이들은 진녹색 유리병 빛깔의 물결이 치는 해안가에 댄 낡아 빠진 바지선 한 켠에서 태어나고 죽으며, 평생 늙지 않습니다. 해변에는 등갓들이 청록색과 분홍색 게처럼 서성입니다. 썰물로 드러난 모래사장을 황폐화하는 이 바다짐승들을 피해 저희는 재빨리 뭍 안쪽으로 피신했는데, 그곳은 색이 오묘하게 변하는 산형꽃차례가 잠을 자는 곳입니다. 등불과 화산은 죽은 자들의 배에 달린 왼쪽 전조등처럼 창백한 빛을 내뿜습니다.

술을 마신 대위는 끝이 말려 올라간 콧수염 아래로 환희에 차서는, 배 습격용 해적 칼을 갈대 붓처럼 쥐고 화약 가루와 진을 섞은 잉크를 찍어 말수 적은 저희의 견습 선원 이마에 파란 글씨로 **보스드나주**, **개코원숭이**라고 문신을 새겼고, 용암으로 파이프에 불을 붙인 후 빛나는 아이들에게 바다까지 저희 조각배를 호위하라고 명령했습니다. 저희가 난바다로 멀어질 때까지, 키드 대위의 작별 인사와 탁한 해파리 같은 침침한 빛들이 뒤따라왔습니다.

22장
거랑말코무화과의 웅장한 성당에 관해서

로랑 타야드*에게

종소리가 들려올 때쯤—울리는 섬에서 흑단과 단풍나무, 떡갈나무, 마호가니, 마가목, 그리고 미루나무로 만든 브라반트식 카리용**들을 한꺼번에 칠 때처럼 큰 소리였습니다.—어느새 두 개의 검은 벽 사이에, 둥근 천장 밑에, 그리고 끝없이 이어지는 스테인드글라스의 찬란함 속에 있는 저 자신을 발견했습니다. 박사는 아무런 예고도 없이, 키에 연결된 비단 줄을 당겨 조각배를 화살처럼 거랑말코무화과*** 대성당의 거대한 문 정중앙에다 쏘았습니다. 조각배는 본당의 포석과 대칭을 이루었고, 의자를 움직일 때 의자 다리가 내는 서문 격의 기침 소리처럼 노가 삐걱거렸습니다.

* Laurent Tailhade (1854–919). 프랑스의 풍자시인. 1891년에 『상놈의 나라로(Au pays du Mufle)』라는 시집을, 이듬해에는 『스테인드글라스(Vitraux)』라는 시집을 발표했다.
** carillon. 각각 다른 음을 내는 여러 개의 종들로 구성된 악기. 적게는 4개, 많게는 70여 개의 종이 달려 있다. 주로 교회나 도시 중앙의 탑에 자리하고 있다.
*** Muflefiguière. 팡뮈플(Panmufle)이라는 이름에도 포함된 'mufle'과(이 책 15쪽 주석 참조), 무화과를 뜻하면서 여성의 성기를 가리키는 속어로 사용되는 'figue'를 합성해 자리가 만든 단어다. 이 표현은 라블레의 『팡타그뤼엘』 제4서에 등장하는 'papefiguière'라는 표현을 염두에 두고 있다. 13세기 초부터 프랑스 및 이탈리아 등지에서 주먹을 쥐고 검지와 중지 사이에 엄지를 밀어 넣는 손가락 욕을 사용했는데, 이를 'faire la figue au pape(교황에게 무화과하다)'라고 한다.

사제 왕 요한*이 설교단에 올랐습니다.

전투사이자 사제사다운 무시무시한 풍채가 입회한 신도들 위로 번쩍였습니다. 그의 사제복은 철사로 짠 쇄자갑으로, 자주색 루비와 검정 다이아몬드가 번갈아 박혀 있었습니다. 묵주 대신 허리 오른쪽에는 올리브나무로 만든 기턴이, 왼쪽에는 날밑에 금 초승달을 박은 커다란 쌍날검이 뿔뱀 껍질을 씌운 칼집에 꽂힌 채 덜렁댔습니다.

사제 왕의 설교는 수사적이었고, 라틴풍인 동시에 아티카풍이면서 또한 아시아풍이었습니다. 하지만 그가 왜 철갑 구두에서부터 쇠사슬 토시까지 온몸으로 철컹거리는 소리를 내는지, 또 펜싱 대전처럼 조직된 그의 강론이 무슨 뜻인지 저는 도무지 이해할 수 없었습니다.

갑자기 아래쪽 포석에 쇠사슬 네 줄로 묶여 있던 소형 경포에서 청동 포탄이 발사되면서, 그 위력으로 설교자의 오른쪽 관자놀이가 움푹 패이고 철갑 투구가 삭발한 머리통 직전까지 쪼개져 시신경과 오른쪽 뇌엽이 노출됐지만, 그럼에도 이해력의 아성을 무너뜨리지는 못했습니다.

경포에서 연기가 솟았고, 그와 동시에 신도들의 목구멍에서 매운 김이 피어올라 응축되면서 설교단 발치에 육중한 괴물을 만들어 냈습니다.

* 12세기부터 유럽에 유행한 전설 속 인물로, 동방에 있는 풍요한 기독교 왕국을 다스리는 군주다. 이슬람교에 대항하기 위해 유럽의 교황과 군주와 접촉하고 교류했다고 한다.

저는 이날 거랑말코를 보았습니다. 거랑말코는 고귀하고 균형 잡혔으며, 신이 인간과 무한히 닮은 것과 마찬가지로 소라게 또는 집게와 모든 면에서 닮았습니다. 코와 혀유두 역할을 하는 뿔이 눈에서 긴 손가락 모양으로 돋쳐 있고, 크기가 다른 집게발이 두 개, 다리가 열 개 달렸으며, 소라게와 마찬가지로 둔부만 취약하기 때문에 이 부위와 미성숙한 생식기는 비밀 껍데기 속에 감추고 있습니다.

사제 왕 요한이 커다란 검을 빼 들어 거랑말코를 공격하려 들자 좌중에 현저한 불안이 감돌았습니다. 반면 포스트롤은 태연했고, 보스드나주는 관심을 과도하게 쏟은 나머지 스스로를 망각하고 생각을 가시화하고 말았습니다.

"아 아!"

그러나 생각을 앞서갈지도 모른다는 두려움에 이 이상 말하지 않았습니다.

거랑말코가 껍데기의 뾰족한 끝을 최우선으로 챙기며 후퇴하자 사람들도 따라 물러섰고, 거랑말코는 집게발을 웅얼대는 입처럼 갈았습니다. 뿔뱀 껍질로 만든 칼집에서 솟아 나온 반짝이는 칼날은 사타구니 장갑판에 난 털에 쓸려 이가 빠졌습니다.

그때 포스트롤이 조각배를 개시했습니다. 키 줄을 거세게 잡아당기니 조각배가 눈에 띄게 휘었습니다. 이 줄에는 선미의 납작한 방향키를 조종하는 기능뿐만 아니라, 배의 선두에서 기다란 용골을 가고 싶은 방향에 따라 좌 또는 우로, 위 또는 아래로 구부러뜨리는 기능도 갖췄던 것입니다. 팽팽히 당겨진 구리 돛이 붉은 초승달처럼 빛났습니다. 너무 반질대서 위험할 지경인 화강암 바닥에 빨판을 흡착시키는 데 제가 몰두해 있던 사이에, 박사는 저를 괴물 쪽으로 몰아가기 시작했습니다. 그렇게 주위를 돌던 끝에 원래 자리로 항로가 틀어지면서, 저희 항해는 마치 암피스바에나*의 나르키소스적 입맞춤이 만든 결혼반지처럼 되었습니다.

이 책략에 힘입어 사제 왕 요한은 손쉽게 거랑말코에게로 접근할 수 있었고, 그가 열두 계단 아래 자기가 있는 층까지 내려오는 동안 거랑말코는 몇 발짝 앞으로 나섰습니다. 사제는 끝이 둘로 갈라진 칼자루로 거랑말코의 껍데기를 잡아채친 뒤, 신도석에 있는 사람들에게 다 돌아갈 수 있도록 둔부를 토막 냈습니다. 하지만 보스드나주만 제외하면 사제와 저희 중 누구도 그것을 맛보고 싶어 하지 않았습니다.

이 전투의 모든 우여곡절은 스페인 투우 경기의 모습을 빼닮을 수도 있었습니다. 이 껍데기엉덩이 황소가 원을 그리며 도망가면서 급습을 피하는 대신 정면 격돌을 택했다면 말입니다.

이 모든 것에도 불구하고, 보석으로 치장한 설교자

* amphisbaena. 꼬리 끝에도 머리가 달린 상상 속의 뱀으로, '양쪽으로 간다'는 뜻의 어원에서 드러나듯 앞으로도 갈 수 있고 뒤로도 갈 수 있다.

는 강론을 이어 가기 위해 다시 설교단에 올랐습니다. 거랑말코에 씐 불순한 점액을 척결한 신도들은 사제를 박수로 맞았습니다.

한편 저희는 울리는 섬의 종소리를 향해 다시 떠났고, 말[言]처럼 오색으로 칠해진 높은 스테인드글라스가 환하게 항로를 비추면서 성당 바깥까지 별빛 길이 이어졌기에, 포스트롤은 구태여 천체들을 참조할 필요가 없었습니다.

23장
울리는 섬에 관해서

클로드 테라스*에게

"행복한 현자로다," **치-잉**이 말했습니다. "골짜기에 은거하면서, 심벌즈 소리를 듣는 것만으로 즐거워할 수 있으니. 혼자 누운 침대에서 깨어나, 그가 외친다. '절대, 내 맹세컨대, 내가 누리는 이 행복을 잊지 않으리라!'"

섬의 영주는 이와 같이 저희를 맞이한 후, 대나무로 만든 바람 표지 장대들이 요새처럼 둘러싸고 있는 플랜테이션으로 안내했습니다. 여기에서 가장 흔히 보이는 식물로는 타롤, 라바나스트론, 삼부카, 아치류트, 반두라, 경과 저, 튀를뤼레트, 비나, 마그레파, 그리고 히드라울루스가 있었습니다.** 온실 안에서는 증기 오르간이 무

* Claude Terrasse (1867–923). 프랑스의 오페레타 작곡가. 「위뷔 왕」을 위한 음악을 작곡했다. 한편 '울리는 섬(Île Sonnante)'은 라블레의 『팡타그뤼엘』 제5서 1장에 등장하는 섬으로, 종소리가 끊이지 않고 울리는 곳이다.

** 타롤(tarole)은 작은북 또는 스네어드럼의 일종이다. 라바나스트론(ravanastron)은 고대 인도의 찰현악기로, 기원전 3000년 실론의 왕 라바나가 발명했다고 전해진다. 삼부카(sambuque)는 삼각형 모양의 작은 하프로 추정되는 고대 악기다. 아치류트(archiluth)는 17세기까지 사용된 류트 계열 악기로 일반적인 류트보다 현의 수가 많으며, 16–7세기에 유행한 발현악기 반두라(pandore)는 류트와 현의 수와 음역은 갖지만 울림통이 평평하다는 차이가 있다. 경(磬)은 나무틀에 돌을 달아 쳐서 소리를 내는 타악기, 저(笛)는 취구가 중간에 있고 가로로 부는 관악기로 둘 다 중국에서 유래했다. 튀를뤼레트(turlurette)는 중세에 사용된 현악기이다. 비나(vina)는 인도 반도의 전통 현악기를 통칭한다. 고대 히브리인들이 사용한 관악기인 마그레파(magrepha)는 풀무 등으로 바람을 불어넣는 오르간 형태다. 물 오르간이라고도

수한 목을 빼고 간헐온천처럼 입김을 내뿜고 있었는데, 757년에 콘스탄티누스 코프로니무스가 피피누스에게 선사한 것을 콩피에뉴의 성 고르넬리오가 울리는 섬으로 들여온 것입니다.* 여기서는 피콜로, 오보에 다모레, 콘트라바순, 사뤼소폰, 비니우, 잠포나, 백파이프, 더 나아가 벵골의 셰레, 콘트라베이스 헬리콘, 세르팡, 쾰로폰, 색스혼, 모루의 숨결도 느낄 수 있었습니다.**

섬의 기온은 세이렌이라 불리는 온도계로 측정해 조절합니다. 동짓날이면 대기의 음색이 고양이의 앙칼진 야옹거림에서 말벌과 꿀벌의 붕붕거림이나 파리 날개의 진동 소리까지 떨어집니다. 하지에는 위의 모든 식물들이 꽃을 피워, 모국의 풀숲 위를 날아다니는 곤충들의 카

불리는 히드라울루스(hydraule)는 물의 압력을 이용해 바람을 불어넣는 관악기로, 고대 그리스 때부터 사용되었다.

* 프랑스 북쪽의 도시 콩피에뉴에 위치한 생 코르네유(성 고르넬리오의 프랑스어 표기) 수도원에는 실제로 757년에 콘스탄티누스 5세가 피피누스 3세에게 선물한 오르간이 있다. 프랑스의 첫 오르간으로 알려져 있다.

** 피콜로(octavain)는 플루트보다 한 옥타브 높은 작은 관악기이고, 오보에 다모레(hautebois d'amour)는 목관악기로 '사랑의 오보에'라는 뜻이다. 콘트라바순(contrebasson)은 바순보다 음이 낮은 목관악기, 사뤼소폰(sarrusophone)은 생김새는 바순 같고 소리는 트럼본 같은 금관악기다. 프랑스 브르타뉴 지방의 비니우(biniou), 이탈리아 중남부에서 연주되는 잠포냐(zampogna), 스코틀랜드의 백파이프(bag-pipe)는 모두 주머니 속 공기를 관으로 밀어내며 소리를 내는 관악기다. 셰레(chérée)는 벵골 지방의 큰 트럼펫의 일종으로 기록되어 있는데, 프랑스식 표기법을 그대로 옮긴 것으로 원어 명칭은 알 수 없다. 헬리콘(hélicon)은 튜바족의 커다란 관악기로 어깨에 걸쳐서 연주한다. 뱀처럼 구불구불하게 생긴 관악기 세르팡(serpent)은 주로 교회에서 사용되었다. 쾰로폰(coelophone)은 타악기, 색스혼(saxhorn)은 관악기의 일종이다. 마지막으로 모루와 망치는 바그너의 『니벨룽의 반지』 3부 「지크프리트(Siegfried)」에서 악기로 사용된다.

랑카랑한 열기까지 치솟습니다. 이곳에서는 매일 밤 토성이 고리에 시스트럼*을 두들깁니다. 새벽과 해 질 녘에는 해와 달이 이혼한 심벌즈처럼 격돌합니다.

"아 아!" 보스드나주는 만물의 음악과 협연하기에 앞서 목소리를 가다듬고자 소리를 냈습니다. 하지만 이때 두 개의 천체가 화해의 입맞춤을 위해 맞부딪혔고, 이 우렁찬 사건을 농장주가 찬양하기 시작했습니다.

"행복한 현자로다," 그가 외쳤습니다. "비탈진 산기슭에서, 심벌즈 소리를 듣는 것만으로 즐거워할 수 있으니. 혼자 누운 침대에서 깨어나, 그가 노래한다. '절대, 내 맹세컨대, 내 욕망은 내 소유를 넘어서지 않으리라!'"

섬을 뜨기 전에 포스트롤은 산꼭대기에서 증류한 야생쑥주를 영주와 나눠 마셨고, 조각배는 제 노질에 맞추어 반음계의 진로를 내쉬었습니다. 두 천체가 하나 되었다 헤어지는 시간을 검은 건반과 낮 건반으로 알리는 가운데, 이들을 향해 솟은 두 개의 기둥 위에 있는 발가벗은 아이와 백발노인이 금은의 이중 원반을 향해 노래를 불렀습니다.

* sistre. 고대 이집트 등지에서 사용된 타악기. 금속 틀에 서너 개의 금속 막대가 끼워져 있어 찰카당거리는 소리가 난다.

노인은 선별된 불순한 음절들만을 부르짖었고, 세라핌 같은 소프라노는 좌천사, 능천사, 주천사 등 천사들의 합창에 맞추어 후렴구를 노래했습니다.

"…를, 사-랑이, 사로-잡-기를, 잡, 기를, 사-랑이 사로-잡, 언제나 우리를 사랑이 사로잡기를"*

마귀에 홀린 흰 수염 노인이 웅근 외침 그리고 외설적인 몸부림 속에서 모욕증적 문장들을 마침내 끝맺자, 통통한 어린 육체가 선 돌기둥 아래에다 조각배를 정박해 두고 있던 저희가 보는 앞에서, 법랑을 입힌 마분지 혹은 꼭두각시용 종이 점토로 만든 듯한 이 어린아이의 갑옷이 허물어지고 그 안으로부터 시스티나의 마흔다섯 살 난쟁이의 추잡한 수염이 피어났습니다.

* Nocte dieque bibamus / Semper nos amor occupet. 원문에 라틴어로 표기됨. 모차르트의 「뷔를레스크 봉헌곡(Motet burlesque)」 가사로, 자리와 테라스가 함께 운영하던 극장 테아트르 데 팡탱(Théâtre des Pantins)에서 1897년 이 곡을 공연했다.

하프 향기로 가득한 옥좌에 앉아 있던 섬의 영주는 자신의 창조물이 보기에 좋아 기뻐하였고, 저희가 점점 섬에서 멀어지는 동안 그의 노랫가락이 들려왔습니다.

"행복한 현자로다, 동산에 터를 잡고서, 심벌즈 소리를 듣는 것만으로 즐거워할 수 있으니. 혼자 누운 침대에서 깨어나, 그는 평안 속에 몸을 누인 채 맹세한다, 저속한 자들에게는 절대 제 기쁨의 이유를 누설하지 않겠노라고!"

24장
신비한 그림자, 그리고 죽음을 기다리는 왕에 관해서

라실드*에게

안정적인 수면 때문에 넓은 길 또는 대로와 놀랍도록 닮은 오세앙** 강을 지나 저희는 킴메르인과 신비한 그림자의 나라에 도달했는데, 이 나라와 강 사이에 차이가 있다면 비(非)액체의 두 평면을 구별할 만한 요소, 즉 크기와 경계에서 찾을 수 있을 것입니다. 태양이 지는 곳은 도시의 장간막을 이루는 주름들에 가려 마치 맹장의 충수처럼 보입니다. 이곳은 막다른 길과 사로로 가득하고, 몇몇은 동굴로 확장됩니다. 동굴 중 하나에는 낮의 별이 둥글고 있습니다. 저는 처음으로, 감지되는 지평선 아래에 도달할 수 있다는 것, 또 태양을 이리도 가까이에서 볼 수 있다는 것을 깨달았습니다.

그곳에는 오세앙의 수면 위로 입을 벌리고 있는 괴기한 두꺼비 한 마리가 사는데, 마치 달이 구름을 삼키듯, 추락한 원반을 먹어 치우는 일을 맡고 있습니다. 두꺼비는 날마다 순환하는 성찬식에 맞춰 무릎을 꿇습니

* Rachilde. 프랑스의 작가. 남편인 알프레드 발레트와 함께 『메르퀴르 드 프랑스』의 편집진으로 활동하면서, 상징주의와 데카당스 예술가들이 모이는 살롱을 매주 주최했다. 1896년 장 드 실라라는 필명으로 『그림자들의 공주(La Princesse des ténèbres)』라는 소설을 발표했다. 이 책 24쪽 주석의 20번 참고.
** Océan. 대양이라는 뜻이 있다.

다. 그때마다 콧구멍에서 김이 뿜어져 나오면서 누군가의 영혼이 커다란 불꽃으로 타오릅니다. 플라톤이 말한 대로, 극지 바깥에서 영혼들을 추첨으로 분류하는 것입니다.* 한편 두꺼비에게 무릎 꿇는 것은 사지의 구조 때문에 쭈그려 앉는 것과 다를 바 없습니다. 그 덕분에 삼키기의 환희는 한정 없이 지속됩니다. 또 정해진 소화 시간을 엄격히 따르기 때문에, 두꺼비 창자는 흡수가 전연 안 되는 이 한시적 별이 속을 통과하고 있다는 사실을 의식조차 못 합니다. 두꺼비는 다채로운 지하로 꿈틀꿈틀 땅굴을 파서 반대편 극지로 기어오른 다음, 오물을 배출하며 몸을 더럽힙니다. 바로 이 분변에서 복수(複數)라는 악마가 태어납니다.

해가 항상 잠들어 있는 나라에는, 해를 호위하며 그와 운명을 같이하는 왕이 매일 죽음을 기다리며 살고 있습니다. 왕은 무궁한 밤이 언젠가는 찾아올 것이라 믿으며 지평선에서 두꺼비의 배설을 유심히 살핍니다. 하지만 별이 배를 출렁이며 옆 동굴로 서둘러 들어올 때까지 마냥 지켜보고 있을 시간은 없기 때문에, 별을 비춰 볼 수 있는 거울을 배꼽 위에 올려놓았습니다. 왕의 유일한 여가 활동은 카드 성 쌓기로 매일 아침 한 층씩 추가로 올리는데, 대양 반대편에 있는 섬의 영주들이 난교

* 플라톤의 『국가』 10권에 나오는 에(Er)의 이야기를 암시하고 있다. 전생에서 행한 정의와 부정의에 따라 사후에 영혼이 심판을 받는다는 내용으로, 부정의했던 사람은 땅에 뚫린 구멍으로 내려가고 정의로웠던 사람은 하늘에 뚫린 구멍으로 올라간다.

연회를 벌이러 매달 한 번 이곳을 찾습니다. 성의 층수를 지나치게 높이면, 날아오던 별과 도중에 충돌해서 막대한 참사를 불러올 수도 있을 것입니다. 하지만 현명하고 사려 깊은 왕은 황도면을 피해서 성을 세웠습니다. 그리고 성은 황도면의 높이와 정비례하며 평형을 이룹니다.

보스드나주가 조각배를 강가에 댔을 때는 이미 저녁이었던 터라, 왕은 언제나처럼 죽음을 기다리고 있었고 두꺼비는 기능적으로 입을 멍하니 벌리고 있었습니다. 어둠이 드리운 궁에는 몸을 위한 긴 의자, 그리고 괴로움을 느끼는 의식을 암연하게 해 주는 미약이 준비되어 있었습니다. 무분별하게 잡다한 다변으로 표현하지는 않았지만, 보스드나주는 의무론자임을 자부하면서 격에 맞게 검은 옷으로 갈아입어야 한다고, 또 악의적으로 개조한 증류솥처럼 생긴 머리에는 옷과 파장이 같아질 때까지 빛의 진동을 누적시키는 색깔에 모양은 반쪽 난 작고한 천체 같은 벨기에식 모자를 써야 한다고 생각했습니다.

밤이 자신의 시간을 계산했고 그에 맞춰 등불이 밝혀졌습니다.

그때 갑자기 두꺼비의 하행결장이 노호하더니, 식용 불가한 순수한 불의 공이 매일의 여정을 재개하며 악마 복수가 있는 극지로 떠났습니다.

애도를 표하는 검은 장막이 밝은 선홍색으로 변했습니다. 사람들은 갈대 피리로 미약을 마시며 한껏 취했고, 아담한 여인들이 발갛게 빛나는 긴 의자 위에 몸을 누이자 보스드나주는 마침내 의미를 짚을 때가 왔다고 느꼈습니다.

"아 아!" 하고 간략하게 외쳤으나 저희가 자기 생각을 꿰뚫고 있다는 사실을 곧 알아차렸고, 질박한 벨기에식 모자가 철사 빗자루처럼 방발하는 소음을 내며 융단 위로 떨어지는 바람에 놀라고 말았습니다.

4권
두난교(頭亂交)*

* Céphalorgie. '머리'를 뜻하는 접두사 'céphal-'과 '난교, 디오니소스의 축제' 등을 뜻하는 'orgie'를 합성한 단어.

25장
땅의 밀썰물과 바다 주교 망송제르에 관해서

폴 발레리*에게

밤이 아직 동서남북 네 방위에 마치 교황처럼 걸려 있을 때 포스트롤은 섬에 작별을 고했습니다. 왜 태양이 다시 추락해 올 때까지 남아 술을 마시지 않느냐고 제가 묻자, 그는 조각배에서 몸을 일으켜 보스드나주의 목에 두 발로 올라타고서 저희 앞길의 깊이를 관측했습니다.

박사는 삭망의 시간이 끝에 다다르고 있는 만큼 썰물로 인해 예상치 못한 상황에 빠지는 것이 두렵다고 토로했습니다. 여태껏 항상 메마른 건물들 틈의 물 없는 뱃길로 다녔고 지금은 먼지 날리는 광장의 보도를 지나고 있었기 때문에, 저는 근심에 싸였습니다. 당시 제가 이해한바 박사는 땅의 밀썰물을 말하고 있었는데, 박사나 저 둘 중 한 명이 취한 게 아닐까, 마치 악몽에서 모습을 드러내는 가늠할 수 없는 깊이의 바닥처럼 땅이 천저점까지 내려앉는 게 아닐까 생각했던 것입니다. 하지만 이제야 깨달은 사실은, 지구가 체액을 분비하고 이완과 수축을 통해 혈액을 순환시킬 뿐 아니라, 늑간근을 긴장시켜 달의 리듬에 맞춰 숨을 쉰다는 점입니다. 이 규칙적인 호

* Paul Valéry (1871-945). 프랑스의 시인이자 저술가.

흡은 아주 미약해서, 이에 대해 알고 있는 사람은 몇 되지 않습니다.

포스트롤은 좁다란 골목 사이로 보이는 각막백반 같은 하늘을 능숙히 탐색하여 별들의 고도를 재더니, 썰물로 인한 침하 때문에 지구의 반지름이 이미 1.4×10^{-6} 센티미터 줄었음을 기록하라고 지시했습니다. 그리고 보스드나주에게 닻을 던지라 명한 뒤에, 자신의 교리상에서 저희 유랑을 끝낼 만한 이유로 인정되는 상황은 단 하나로, 저희 발아래 지표면에서 지구 중심까지의 두께가 충분히 두껍지 않아 명예에 어긋나는 경우뿐이라고 역설했습니다.

이내 정오가 되자 골목길은 공복의 창자처럼 텅 비었고, 건물 벽에 적힌 숫자들로 보건대 저희는 베니스 가(街)의 4천 네 번째 집 앞에서 기항했습니다.

건물 1층의 밟아 다진 흙바닥 사이에 서서, 골목보다는 넓지만 동일한 침대 위에서 대기 중인 여자들보다는 덜 벌어진 문들이 내려다보는 가운데, 포스트롤은 조각배를 깊숙한 방공호에 넣어 두는 것이 어떨지 물었습니다. 그의 뒤이은 손가락질에 맞추어, 가장 헐벗고 비루한 오막살이의 문간에서 알드로반두스의 『괴물들』 13권에서 뽑아낸 바다 인간이 솟아올랐을 때 저는 그다지 놀라지 않았습니다. 이 인물은 주교의 형상을 하고 있었는데, 그중에서도 한때 폴란드의 해안에서 낚였다고 위 책이 전하는 주교와 특히 닮아 있었습니다.*

그의 주교관은 비늘로 덮여 있었고, 홀장은 구부러진 촉수들이 달린 산형꽃차례 같았습니다. 제의(祭衣)는 심연의 돌을 빼곡하게 상감한 것으로, 제가 만져 보니 앞과 뒤 모두 쉽사리 들출 수 있었으나 정숙한 점착성 피부 때문에 무릎 위쪽으로는 올라가지 않았습니다.

바다 주교 망송제르**는 포스트롤에게 몸을 굽혀 인사했고, 보스드나주에게 귀 무화과를 선사했습니다. 조각배를 반원 천장의 집 안에 주입한 후 문의 판막이 다시 닫히자, 바다 주교는 딸 비지테, 그리고 두 아들 디스탱게와 엑스트라바강***에게 저를 소개해 주었습니다. 그러고는 아주 짤막하게 저희의 의사를 물으며 권하기를,

* 바다 주교(évêque marin)는 전설로 내려오는 바다 괴물로, 온몸이 비늘로 덮여 있고 주교관을 쓴 것 같이 솟아오른 두상에 이족보행을 한다. 16세기 이탈리아의 박물학자 울리세 알드로반디(Ulisse Aldrovandi, 오래된 문헌에서는 알드로반두스[Aldrovandus]로 적기도 한다.)는 이렇게 기록한다. "1531년 폴란드의 한 해안가에서 포획되어 왕에게 바쳐졌으나, 난동을 그치지 않아 다시 바다에 풀어 주었다. 키는 사람만 하고, 머리에 주교관을 쓰고 주교의 옷을 입고 있는 듯하다."

** Mensonger. '거짓된, 기만적인'이란 뜻이 있다.

*** 비지테(Visité)는 '방문받은'이라는 뜻을 지닌다. '고상한'이라는 뜻의 디스탱게(Distingué)와 '어마어마한'이라는 뜻의 엑스트라바강(Extravagant)은 용량이 큰 맥주잔을 가리키는 별칭이기도 하다. 그중 디스탱게는 0.5리터짜리 잔이다.

26장
마십시다

피에르 키야르*에게

그러나 포스트롤은 통째로 구운 뒤 뼈만 발라낸 스트라스부르, 바욘, 아르덴, 요크, 베스트팔렌산(産) 햄 다섯 덩어리부터 포크로 찍어 요하니스베르그 백포도주가 뚝뚝 떨어지는 것에 개의치 않고 이빨로 가져갔습니다. 주교의 딸은 테이블 아래에 무릎을 꿇고 앉아 연속 운반 장치에 실려 줄줄이 위로 올라가는 100리터짜리 잔들을 하나씩 재차 채웠고, 잔들은 박사 앞의 식탁 위를 거친 후 싹 비워진 상태로 보스드나주의 높은 좌석 옆을 지나갔습니다. 제 경우에는, 살아 있는 양을 석유에 적신 경주로 위를 달리게 해서 딱 알맞게 익을 때까지 구워 낸 고기를 삼키느라 목이 메어 왔습니다. 이름을 듣고 감히 짐작했던 대로 디스탱게와 엑스트라바강은 무수황산처럼 술을 들이켰는데, 이들 아가리 세 개면 1세제곱미터 분량의 장작도 충분히 담을 법했습니다. 그에 반해 망송제르 주교는 오직 생수와 쥐오줌만을 섭취했습니다.

한때 주교는 쥐오줌에 빵과 믈룅 치즈**를 곁들여

* Pierre Quillard (1864–912). 프랑스의 저술가, 번역가, 언어학자.
** 믈룅(Melun)은 프랑스 북부 지방으로, 향과 맛이 특히 강한 브리(Brie) 치즈가 이곳에서 생산된다.

먹었지만, 고체 양념이 부추기는 과잉한 허영심을 억누르고야 말았습니다. 녹색 빛의 파장만큼 얇은 금 물병에 물을 담아 모피를 씌운 쟁반(주교는 세련미를 중시했기 때문에 날가죽은 쓰지 않았습니다.)에 받쳐 마셨는데, 이 모피는 취객이 갓 게워 낸 제철 여우를 벗긴 것*으로, 거의 취객 몸무게의 20분의 1에 달했습니다. 이런 사치는 아무나 누릴 수 없는 것이었습니다. 주교는 막대한 비용을 들여 쥐를 길렀고, 깔때기로 바닥을 포장한 방 안에 주정뱅이들의 하렘을 꾸려 놓고 그들의 말투를 흉내 냈습니다.

"박사님," 그가 포스트롤에게 말했습니다. "여자가 완전히 벗을 수 있다고 생각합니까? 벽의 알몸을 어떻게 알아볼 수 있습니까?"

"벽에 창문과 문, 그리고 다른 개구부가 없으면 됩니다." 박사가 생각을 밝혔습니다.

"좋은 해법입니다," 망송제르가 답했습니다. "벗은 여자는 절대 완전히 벌거벗은 게 아닙니다, 특히 늙은이일수록."

그가 물병에서 크게 한 모금 마시자, 물병의 무게 중심이 무덤에서 파헤쳐 낸 나무뿌리처럼 끈적한 깔개 위에 꼿꼿이 섰습니다. 사슬형 화물 운반기는 액체 또는 바람으로 가득 찬 컵을 싣고서, 불 밝힌 예인선의 묵주가

* 본래 표현은 '여우 가죽을 벗기다(écorcher le renard)'로, '토하다'라는 뜻의 숙어다.

강의 배를 가르듯 읊조렸습니다.

"자 이제," 주교가 말을 이었습니다. "마시고 먹읍시다. 비지테, 바닷가재를 내오너라!"

제가 결례를 무릅쓰고 끼어들었습니다. "파리에서는 마치 애연가들이 코담뱃갑을 내미는 것처럼 이 생물을 권하는 것이 유행이라지 않습니까? 하지만 제가 들은 바에 의하면, 털 난 다족동물인 데다가 역겹도록 불결하다고 말하며 사양하는 것이 예의라고 합니다."

"흠흠," 주교가 흔쾌히 제 말을 받아 주었습니다. "바닷가재는 물론 더럽고 털을 제거하지 않았으나, 이는 이 생물이 자유롭다는 표시일 수도 있습니다. 항해하는 우리 박사님께서는 콘비프 캔을, 사람과 사물을 뜯어볼 때마다 즐겨 들여다보는 짭짤한 쌍안경을 담는 케이스 같이 목에 걸고 다니시는데, 그 콘비프보다는 훨씬 고상한 운을 타고난 것이죠.

들어 보십시오."

바닷가재, 그리고 포스트롤 박사가 목에 걸고 있는 콘비프 캔 우화

A.-F. 에롤*에게

* André-Ferdinand Hérold (1865–949). 프랑스의 시인이자, 라틴어와 그리스어와 산스크리트어 번역가.

오페라글라스처럼 줄에 걸려 있는 콘비프 캔 하나
형제처럼 닮은 바닷가재가 지나가는 것을 보았네
갑옷처럼 두른 딱딱한 껍질 위에는
그 또한 그녀처럼 안쪽에 가시가 없다고 적혀
　있었네
(빼 없는 실속 상품)
그리고 접혀 있는 꼬리 아래에는
그녀를 열 수 있는 열쇠를 분명 숨기고 있었네
정착해 살던 콘비프는 사랑에 빠져
살아 있는 보존식품을 담은 그 작은 자동차 통에게
　말했네
그가 그녀 곁, 지상의 진열창 안으로 들어와
환경에 적응하기로 약속해 준다면
금 훈장 여러 개를 수여받을 수 있을 거라고

"아 아," 하고 보스드나주는 감상에 잠겼지만, 자신의 생각을 더 완전하게 발전시키지는 않았습니다.

그때 포스트롤이 경박한 대화를 끊고 중대한 연설을 시작했습니다.

27장
우선

포스트롤 박사가 말문을 열었습니다.

“나는 살인을 무의식적으로 저질렀다고 해서 거기에 이유가 없다고 생각하지 않습니다. 우리가 부여한 질서가 없고 우리 자아의 이전 현상과 무관하더라도, 분명히 어떤 외부의 질서를 따르고 외부 현상의 질서 속에 있으며 감각으로 지각할 수 있는 원인, 달리 말해 기호가 존재합니다.

나는 살의를 품은 적은 없지만 **말의 머리**를 볼 때만은 예외인데, 이는 내게 기호 혹은 질서, 보다 정확히 말하자면 원형경기장에서 땅을 향하는 엄지처럼 사살을 알리는 신호가 되었습니다. 여러분이 웃어넘길지도 모르니, 여기에는 여러 자명한 이유가 있음을 설명해 드리겠습니다.

아주 추한 것을 보면 당연히 아주 추한 행동을 하게 되어 있습니다. 한데 추함은 곧 악입니다. 불결한 상태를 보면 불결한 쾌락이 자극됩니다. 흉포한 짐승 주둥아리에 뼈가 드러난 것을 보게 되면, 뼈를 발라 버리는 흉포한 행동이 촉진되기 마련입니다. 그런데 이 세상에서 가장 추한 것이 말의 머리입니다. 물론 메뚜기의 머리도 비등하게 추한데, 다만 말 머리만큼 크기가 거대하지 않을 뿐입니다. 여러분도 알다시피 예수 살해는 미리 예견된 바로서, 성서의 완성을 위해 모세가 베짱이, 방아깨비, 누리, 귀뚜라미* 등 네 종류의 메뚜기를 먹도록 허했던 것입니다."

"아 아!" 보스드나주가 논지를 바꾸려고 끼어들었으나, 타당한 논거를 찾지 못했습니다.

"게다가," 포스트롤은 흔들림 없이 말을 이어 나갔습니다. "메뚜기의 사지는 웬만큼 모양을 갖추었기 때문에 어찌 보면 괴물스럽진 않다고 할 수 있지만, 말은 무한한 기형이 되기 위해 태어난 짐승이라서, 대자연이 친히 발가락 달린 네발을 내렸음에도 종의 기원에서부터 이 발가락 중 몇 개를 스스로 뿌리친 다음 과대하고 결굳은 단일 발톱 네 개로 겅중겅중 뛰어다니는 데에 성공했고, 그 꼴은 꼭 네 바퀴로 구르는 가구 같습니다. 말은 신들린 탁자**입니다.

그런데 말의 머리만은, 왜인지 말로 표현할 수는 없으나 어쩌면 거대한 이빨과 타고난 가증스러운 억지웃음 때문일지도 모르겠습니다만, 제게 전적인 흉포함의 신호, 아니면 죽음의 신호로 여겨집니다. 묵시록에서도 네 번째 재난을 가리킬 때 정확히 이런 표현이 나옵니다.

* 구약성경 「레위기」 11장 22절, "너희가 먹을 수 있는 것은 여러 가지 메뚜기와 방아깨비와 누리와 귀뚜라미 같은 것이다".(새번역)

** table tournante. 19세기 중반 미국과 유럽에서 유행했던 강령술의 일종이다. 탁자 주변으로 여럿이 둘러앉아 상판에 손을 올리고 영혼을 부르면, 탁자가 저절로 움직이면서 영혼과 대화를 나눌 수 있다고 믿었다.

'흰 말 위에 죽음이 타고 있었다.'* 저는 이 구절을 이렇게 해석합니다. '죽음을 찾아간 자들이 제일 먼저 보게 되는 것은 말의 머리이다.' 게다가 전쟁의 살육 역시 기마술에서 비롯되었습니다.

자 그럼, 마차 앞마다 이 끔찍한 머리가 증식하는 도로 위에서는 어째서 좀처럼 살육을 저지르지 않느냐고 물으신다면, 신호가 신호로서 이해되려면 고립되어 있어야 하고, 다수성은 명령의 권한을 갖지 못한다고 답해야겠습니다. 1천 개의 북이 단 한 개의 북보다 더 큰 소리로 울리지 않듯, 또 1천 개의 지성이 모여 본능의 지배를 받는 하나의 군중을 이루듯, 동종의 것 여럿과 동시에 등장하는 한 개별자는 저에게 개별자로 받아들여지지 않으며, 따라서 신체와 분리되지 않은 한 머리는 머리가 아니라는 것이 제 입장입니다.

따라서 뮌히하우젠 남작**이 그 어느 때보다도 용맹하게 전장에서 싸우고 능숙하게 살육할 수 있었던 날은 바로, 성의 쇠창살문이 열리자, 타고 온 말의 반쪽이 예리한 가로대 저편에 남겨져 있다는 것을 깨달은 바로 그

* 요한의 묵시록에 나타난 네 번째 재난(16장 8–9절)에는 사실 이런 표현이 없다.

** Baron de Münchhausen. 뮌히하우젠 남작은 18세기에 실존한 동명의 독일 남작에 기반한 허구의 인물이다. 실제의 뮌히하우젠남작은 본인의 전쟁 무용담을 나누길 즐겼는데, 루돌프 에리히 라스페(Rudolf Erich Raspe)가 이를 바탕으로 보다 황당무계하게 각색하고 풍자적 성격을 가미해 소설로 발표했다. 프랑스어판은 아들 테오필 고티에(Théophile Gautier, fils)의 번역으로 1893년에 출간되었는데, 성의 창살문을 성급히 내려 말이 허리에서 반쪽으로 잘리는 에피소드는 이 책의 4장에 등장한다.

날이었던 것입니다."

"아 아!" 보스드나주가 시의적절하게 외쳤습니다. 하지만 망송제르 주교가 그의 말을 끊고 이야기를 마무리 지었습니다.

"그렇다면 박사님, 목 잘린 말 앞에서 당신과 이야기하는 것만 피한다면—더구나 지금까지는 단제류를 참수하지 않고 대신 부위별로 해체해 왔으니—당신의 살인 욕망을 유쾌한 부조리 정도로 받아들여도 괜찮겠군요."

이렇게 말한 뒤 주교는 혼용된 그리스어로 설교를 늘어놓으며 저희를 잠에 빠뜨렸고, 저는 꾸벅대며 졸던 중에 맨 마지막의 중간완료형 동사만을 알아들었습니다.

"... ΣΕΣΟ'ΥΛΑΣΘΑΙ."*

* 소리 내어 읽을 경우 프랑스어로 'c'est sous la taille(허리 아래쪽에 있다)'처럼, 혹은 동사 'se soûler(취하다)'의 활용형처럼 들리도록 한 말놀이로 추정된다.

28장
여럿의 죽음, 특히 보스드나주의 죽음에 관해서

데이브레르 씨*에게, 호의를 담아

땅딸막한 풀베기꾼이 도착해 일하기
시작했습니다. 어찌나 능숙한지, 낫을 한 번
휘두를 때마다 수레의 4분의 1을 채울 만큼의,
어쩌면 더 많은 양의 꼴을 베었습니다. 더
놀라운 건 낫날을 가느라 시간을 허비하지도
않았다는 겁니다. 낫이 안 들면 풀베기꾼은
이빨을 따라 낫을 그었고, 그때마다
슈오오오오옥하는 소리가 났습니다. 그렇게
시간을 벌었던 겁니다.
— 베로알드 드 베르빌, 『출세하는 법』 24장**

술을 마신 뒤 저희는 안개 낀 길로 산책을 나섰고 망송제르가 앞장섰습니다. 주교적 색채가 짙은 복장을 했으니 필시 신실한 사람일 것이라고 여긴 것인지, 그가 홀장으로 거리의 간판을 마치 실수인 양 떨어뜨린 뒤 우아하게 보스드나주에게 들리고 있다는 사실을 박사와 저 외에

* 데이브레르(Deibler) 집안은 대대로 사형집행인 일을 해 왔다. 그중 아나톨 데이브레르(Anatole Deibler, 1863–939)는 54년 동안 395명의 사형을 집행했다.
** 프랑수아 베로알드 드 베르빌(François Béroalde de Verville, 1558–612)의 『출세하는 법(Le Moyen de parvenir)』은 1610년경 출간된 책으로, 역사 속의 여러 인물들이 모인 연회를 배경으로 오가는 다양한 대화를 담고 있다.

는 아무도 알아차리지 못했고, 보스드나주는 익히 알려져 있듯 무익한 수다를 혐오했기 때문에 "아 아" 한 마디로 고마움을 표했습니다.

이때까지만 해도 저는 간판을 떨어뜨림으로써 주교가 자비를 베풀고 있다는 것을 헤아리지 못했습니다.

그러던 중, 말고기 푸줏간 위에 걸려 있던 완강한 금박 쇠시리에 걸리면서 홀장의 돌돌 말린 장식이 풀렸습니다. 동물의 가면, 그리고 이중의 시선은 공중에 붕 뜨면서 위에서 아래로 활공했습니다.

포스트롤은 매우 침착하게 작은 향초에 불을 붙였고 초는 일곱 날 동안 타올랐습니다.

첫째 날에는 빨간 불길이 일며 정언적 독을 대기에 누설했고, 쓰레기꾼과 군인 모두가 죽었습니다.

둘째 날에는 여자 모두가 죽었습니다.

셋째 날에는 어린아이 모두가 죽었습니다.

넷째 날에는 새김질을 하고 굽이 갈라졌으므로 먹을 수 있는 네발짐승을 대상으로 동물 전염병이 현저히 퍼졌습니다.

닷새째의 사프란 색 연소 반응은 오쟁이 진 남자와 집행관 모두를 몰살했으나, 저는 급이 하나 높았습니다.

엿새째의 푸른 타닥거림은 자전거꾼들의 임박한 종말을 촉진했는데, 특히 그들 중 바닷가재 집게발로 바지춤을 채우는 자들은 한 명도 빠뜨리지 않았습니다.

일곱 번째 날이 되자 불빛은 연기로 변했고, 포스

트롤은 잠시 쉬었습니다.

망송제르는 보스드나주의 깍지 낀 손을 딛고 올라선 다음, 두 손으로 간판을 떼어 냈습니다.

그때, 안개가 무게를 잃고 승마장 대문으로 향하는 통로 앞에서 원심력 방향으로 흩어졌습니다. 그러자 포스트롤은 다시 광란에 사로잡혔습니다.

주교는 달아나려 했으나, 포스트롤이 그의 주교관을 산 채로 뜯어내는 걸 피할 정도로 재빠르지는 못했습니다. 저로 말하자면, 제 이름 팡뮈플로 무장하고 있었기에 박사는 제게 손도 대지 못했습니다.

반면에, 포스트롤은 개코원숭이 위로 올라타서 사지를 땅에 펼쳐 놓고 뒤에서 목을 졸랐습니다. 보스드나주가 할 말이 있다는 신호를 보내자 박사는 꽉 조인 손가락의 힘을 풀었습니다.

"아 아!" 이것이 보스드나주가 남긴 마지막 두 마디 말이었습니다.

29장
'아 아'라는 말의 보다 명백한 의미 몇 가지에 관해서

…내 귀를 걸고 단언하건대
그자는 어딘가의 골목에서 입을 헤 벌리고
호시탐탐하는 '아 아'를 향해 한 발짝씩 다가설 거요
그리고 고꾸라뜨리기 전까지는 눈치도 못 챌 거요
— 피롱*

이쯤에서 보스드나주의 관례적이면서도 압축적인 연설에 대해 상술함으로써, 지금까지 항상 연설의 전문과 더불어 때 이른 중단의 가장 그럴 법한 사유를 함께 실은 것이 비꼬기 위해서가 아니라 합리적인 의도를 따르는 것임을 명백히 하고자 한다.

"**아 아**"라고 보스드나주는 간결하게 말했다. 보통 여기에 어떤 다른 말도 덧붙이지 않았다는 우연한 사실은 우리의 관심사가 아니다.

우선, 무음 'h'가 세계 고대어에서 전혀 쓰이지 않았다는 점을 고려한다면 이 말의 보다 타당한 철자법은 AA이다.** 표기된 무음 'h'는 보스드나주에게 노고, 예속된 상태의 강제 노동, 그리고 자신의 열등함에 대한 자각

* 프랑스 시인 알렉시스 피롱(Alexis Piron, 1689–773)의 희곡 『작시벽(作詩癖, Métromanie)』(1738)의 한 구절.
** 보스드나주의 "아 아"는 프랑스어로 "ha ha"라고 쓰는데, 이 중 h는 무음으로 발음되지 않는다. 한편 알파벳 a를 프랑스에서는 '아'라고 발음한다.

을 상징했다.

A와 병치된 A, 그리고 이들이 이루는 분명한 동등함은 동일성의 원칙을 나타내는 공식이다. 즉, 어떤 것은 바로 그것이다. 하지만 동시에 위 원칙의 가장 탁월한 반증이기도 한데, 두 개의 A를 글자로 쓸 때에는 공간적 차이가 존재하며, 보스드나주 입의 흉악한 틈새에서 발화될 때에는 쌍둥이가 절대 동시에 태어나지 않듯 시간적 차이가 발생하기 때문이다.

어쩌면 첫 번째 A는 두 번째 A와 합동을 이루었던 것일 수도 있는데, 그렇다면 우리는 이를 기꺼이 A≡A라고 쓸 것이다.

둘이 합쳐질 정도로 빨리 발음할 경우, 이는 단일성의 이념이 된다. 천천히 발음하면 이원성, 메아리, 거리, 대칭, 크기와 지속의 이념, 선과 악이라는 두 원칙의 이념이 된다.

그런데 이와 같은 이원성은 나아가 보스드나주의 지각(知覺)이 주지하다시피 단절적, 심지어 단절적인 데다가 분석적이어서 모든 종합과 합치에 부적당했다는 사실을 증명하기도 한다.

우리가 여기에서 감히 추단할 수 있는바, 보스드나주는 공간을 이차원으로 인식했으며 나선형을 전제로 하는 진보의 이념에 저항했다.

한편, 첫 번째 A가 두 번째 A의 작용인지를 연구하는 것은 한층 까다로운 문제일 것이다. 현시점에서 확실히 말할 수 있는 것은, 보스드나주가 평소 AA 이상의 어떤 말도 하지 않는다는 점을 고려하면(AAA라고 했다면 '아말감화'라는 의미의 의학 표현일 것이다.) 그가 삼위일체, 삼중의 것, 셋부터 시작하는 무한성, 무제약성, 그리고 **복수성**(複數性)이라고 정의될 수 있는 **우주** 등의 개념은 전혀 몰랐음이 자명하다는 점이다.

타인이라는 개념도 몰랐다. 실제로 보스드나주는 결혼식날, 아내가 자신에게 순결하다는 것은 분명 확인했지만 처녀인지 여부는 전혀 알지 못했다.

사회생활을 하면서 보스드나주는, 삼각기둥 세 개로 나뉘어 있고 한 번에 3분의 1만 사용하게끔 되어 있다는 데에서 그 천박한 이름이 유래한, 대로변의 그 철 키오스크*를 어떻게 사용하는지 끝까지 이해하지 못했다. 키드 대위가 낙인찍은 대로, 그는 모든 것을 무차별적으로 훼손하고 유린하는

보스드나주

개코원숭이

로 평생을 살았다.

'아 아'가 곧 정원 오솔길 끝에 있는 담에 벌어진 틈이자, 바닥에 나무못이 솟아 있는 함정, 혹은 크롬 도금

* 이 철 키오스크가 암시하는 것은 19세기 초 파리에서 처음 설치된 공공 소변소로, 한 개 이상의 남성용 소변기를 칸막이로 가린 단출한 형태이며 주로 번화가에 설치되었다. 프랑스어로 "pissotière"라고 부르기도 하는데, 'pisse-au-tiers(3분의 1로 오줌을 누어라)'와 발음이 같다.

한 강철 가교가 무너져 빠지는 군용 구덩이라는 사실, 또 메츠에서 제작된 훈장에는 아직도 AA라는 글자를 찾아볼 수 있다는 사실 등은 이미 너무 잘 알려져 있기 때문에 이에 대해서는 일부러 언급하지 않았다. 만약 포스트롤의 조각배에 기움 돛대가 있었다면, '아 아'는 활대 아래로 걸리는 특수 돛을 지시하는 말이었을 것이다.

5권

공식적으로

30장
수천 가지 것들에 관해서

피에르 로티*에게

주교관을 참수당한 주교는 성직의 복식을 갖추지 않은 상태로** 일을 치르는 데에 익숙하지 않았던 터라, 볼일을 보는 데에 어려움을 겪고 있었습니다. 그래서 똥을 촉진시키는 수천 가지 것들을 보급받아 일 보는 칸에 들어갔습니다.

보통 두루마리 종이를 펼쳐 놓는 선반 위에, 짜리한 수염이 난 작고 명랑한 남자의 작고 뚱뚱한 흉상이 풍뎅이 같은 초록색을 뽐내고 있었습니다.

이 작고 명랑한 남자는 반구형 하단부 위에서 몸을 좌우로 흔들고 있었는데, 주교가 앞선 여정에 동행했더라면 이 남자가 바로 향기로운 섬에서 추방당했던, 다리 없이 뜀박질하는 그 앉은뱅이임을 알아차렸을 것입니다. 저는 이들이 이미 구면임을 나중에야 알았는데, 주교는 한 노부인의 응접실에 놓인 저속한 추시계 위에서 앉은

* Pierre Loti (1850–923). 프랑스의 해군 장교이자 소설가. 자서전적인 소설과 터키, 타히티, 일본, 세네갈 등을 배경으로 한 이국적 소설을 썼으며, 1891년부터 아카데미프랑세즈 회원이었다. 1891년 소설 『연민과 죽음의 책(Le Livre de la Pitié et la Mort)』을 발표했다. 이 장에서 굵게 표기된 부분은 모두 이 책에서 인용하거나 차용한 구절들이다.

** nisi in pontificalibus. 원문에 라틴어로 표기.

뱅이를 더 저비용으로, 그리고 훨씬 본인과 닮은 모습으로 만났던 겁니다. 종려나무 훈장으로 치장한 앉은뱅이는 사발에 달린 인공 굽 위로* 몸을 똑바로 세운 뒤, 예를 갖추어 주교에게 네모난 세척용 메모지를 권했습니다.

"**제 어머니를 위해** 아껴둔 것이지만, (주교의 자수정을 가리키면서) 저것과 마찬가지로 **기독교 신앙은 가장 암담한 것도 평안한 마음으로 읽게 해 줍니다**. 아직까지 이런 식으로 제 서비스를 이용하신 적이 없는데, **이것이 더욱 저 같다**는 것을 알게 되실 겁니다."**

"이 종이는 그럼…?" 주교가 말했습니다.

"끈기를 가지고 당신의 모든 눈으로, 가장 비밀스러운 눈***으로도 **읽으십시오**. 이 종이는 전능합니다. **당신이 이해한다 하더라도, 지○○기 짝이 없을 겁니다!**"****

"자네 결정을 따르겠소." 망송제르가 말했습니다.

"그럼 여기, 효능 떨어지는 좌약 더미 위에 자리를

* 두 다리가 없는 앉은뱅이를 프랑스어로 'cul-de-jatte'라고 하는데, 문자 그대로 번역하면 '사발 엉덩이'이다. 오뚝이처럼 하반신이 둥근 사발 형태라는 뜻이다.

** 『연민과 죽음의 책』의 헌사를 뒤튼 것이다. 원래의 헌사는 이렇다. "사랑하는 나의 어머니께 이 책을 바친다. 기독교 신앙은 가장 암담한 것도 평안한 마음으로 읽게 해 주기에, 두렵지 않다." 한편 로티의 서문은 다음과 같은 문장으로 시작한다. "이 책은 오늘날까지 내가 쓴 다른 어떤 글보다 더욱 나 같다."

*** 항문을 암시한다. 더불어 요강 안쪽에 눈 하나를 그려 넣던 당시의 공예 관습을 떠올리게 한다.

**** 위의 책에 실린 로티의 서문에서 마지막 문장을 차용한 것이다. 책을 비판할 사람들에게 로티는 이렇게 전한다. "이 책에는 당신들을 위한 것은 하나도 없으니, 부디 자비를 베푼다는 심정으로 읽지 말아 달라! 당신들이 이해한다 하더라도, 지루하기 짝이 없을 테니!" 원문에는 'ennuiera(지루하게 할 것이다)'를 부분적으로 지워서 'en…ra'로 썼다.

잡으십시오. 시간이 되었습니다. **오직 저만이, 축적된 이 단어들 대다수의 이면에서 깊이 모를 심연을 식별할 수 있습니다.**”

앉은뱅이는 지정된 구덩이 안으로 잽싸게 뛰어들었고, 마치 쇠사슬 토시가 계단 난간 위를 타고 내려올 때처럼, 그의 아연 사발이 내는 반향이 수직 배관의 이중 나선을 따라가며 점차 잦아들었습니다. 하지만 이 오목한 장난감 피리 안쪽을 감싸고 있는 데룰레드 씨와 얀니보르 씨의 시(詩)가 앉은뱅이를 발로 지탱해 주었습니다.*

볼일을 보는
주교가 낭독함

잠재 어둠의 죽음**

* 장난감 피리는 ‘mirliton’을 번역한 것이다. 한쪽 끝에 얇은 막을 씌워 그 진동으로 소리를 내는 단순한 형태의 악기인데, 음이 거칠고 윙윙거리기 때문에 아이들의 장난감으로 주로 쓰인다. 엉터리 시를 일컬어 ‘미를리통 시(vers de mirliton)’라고도 한다. 폴 데룰레드(Paul Déroulède, 1846–914)는 애국주의를 찬양하는 시를 쓴 작가이자 정치인으로, 민족주의 단체인 애국자 연맹(Ligue des Patriotes)의 창립자 중 하나이다. 암거래를 일삼는 선원이었던 얀니보르(Yann-Nibore)는 『바다의 노래와 이야기(Chansons et récits de mer)』라는 시집을 발간했는데, 로티가 이 책의 서문을 써 주기도 했다.

** 『연민과 죽음의 책』에서 화자의 이모 클레르의 죽음을 다룬 장 「클레르 이모가 우리를 떠나다(Tante Claire nous quitte)」를 비튼 것이다. 클레르를 그 뜻인 ‘밝은(clair)’의 반대말 ‘어두운(obscure)’으로 바꿔 쓰고, ‘이모(la tante)’를 음은 흡사하지만 뜻은 다른 ‘잠재(latente)’로 대체했다.

부륵… 부륵… 부륵… 부르륵… 슉… 쉬이이… **잠재 어둠이 떠난다**… 부르륵… 부르륵… **고통스러운 발걸음을 마침내 내디뎠다**… 부륵… 부륵… **잠을 불러오는 순간의 망각**. 시 한 구절. **이렇게 그녀, 잠재 어둠은 죽음을 맞이할 것이다**… 흠… 으흠… **돌이 쪼개질 정도로 춥다**… **전반적으로 음산한 분위기**… 부륵… 부륵… **그녀는 이미 반쯤은 심연 속에 있다**… **흠흠**… **쓰디쓴 눈물**… **의사는 그녀가 이 밤을 넘기지 못할 것이라 말한다**… 썩 저리 가 버려, 이 개구리놈! 저 아래 암흑 속으로—**그녀는 생을 마감할 것이다**(베일에 가린 북). **추위가 뼛속까지 파고든다**(한 번 더). 둥 두두둥! (주교가 흥겹게 콧노래를 부른다.) 연대를 뒤따르는 **우리의 충직한 멜라니, 그녀는 헌신적인 옛 심복들의 자손으로서, 가족의 일원이라고 해도 될 정도다**….

"힘내십시오, 잘 되어 가고 있습니다!" 아래쪽에서 작은 남자가 외쳤다. "계속하십시오, 제가 불편할까 봐 겁내실 필요 없습니다. **나는 바로 옆에 있는 아라비아풍 방에서 자기로 했다.**"

"끝을 향한 싸움은 암담한 법," 주교가 그에 응하며 낭독을 이어 갔습니다. "부르륵… 부르륵… **불안을 야기하는 악몽. 참혹한 순간.** 이면의 눈으로 읽어 보자. **최후의 몸단장, 안쓰러운 주검, 끔찍한 작은 침대, 널찍한 침대, 창백한 이마, 소중한 얼굴, 참혹한 작은 침대.**"

"**우리는 유령처럼 오르내린다.**" 연이어 시중을 들던 종잇장들이 숨을 헐떡였습니다.

"**푸른 종려나무 잎사귀**가," 주교는 쉴 틈을 주지 않고 말을 이었습니다. "**십자가 모양으로 가슴팍에 놓여 있고**…."

"안부를 전해 주셔서 감사합니다," 배관 속의 거주자가 전화 건너편에서 말했습니다. "떠나시지 않고 아직 제 굴뚝 위에 앉아 계신 걸 보니 참으로 기쁩니다. **창백하기 그지없는 겨울날**… **평온한 얼굴**… **너무나 어여쁜, 지고의 이미지!**"

"**모호한 느낌,**" 주교가 겸손하게 계속했습니다.

"**창백한 이목구비, 온화한 미소! 잠재 어둠이 온화하게 미소 짓는다**…."

"흠! 으흠… **뇌리에 새겨진 느낌, 한없이 슬프고**… 부륵… 부륵… 두두둥!"

"**다정했던 목소리와 다정했던 소음들**… **선한 눈은 웃고 있지만 큰 슬픔이 깃들어 있다**…."

"**잠재 어둠이 우리를 떠났다!!!** 하느님 감사합니다!" 몸을 일으키며 주교가 말했다.

"감사합니다!" 작은 남자가 제창했다. "**뜨거운 태양. 열린 창문. 커다란 장롱, 작은 상자. 나는 동양의 담배를 태운다!**"

"**이것이 어쩌면 마지막일 것이다,**" 갑자기 주교는 낭독을 재개할 수밖에 없게 되어 다시 자리에 앉아 흐트러짐 없이 읽어 나갔습니다. "**잠재 어둠에 대한 회한이**

이토록 강렬하게, 그리고 눈물을 자아낼 만큼 특별한 모습으로 내 안에서 피어나는 것은 말이다. 모든 것은 잦아들고 일상이 되고 잊히며, 베일이나 안개나 재같이 알 수 없는 무언가가 성급히 던져져서, 부르르륵… **이제는 영원한 무로 되돌아간 존재들의 기억 위를 갑자기 덮는 것이다,** 둥, 둥, 두두둥… 아낌없도다! 아낌없도다! 튄 자국들이, 불이, 물이! 코뿔소처럼. 멈춤 없이. 고인의 묵주. 부르륵… 부르륵… 나 자신에게 최면을 건다. 허어, 허허! 창만큼 길게."

"당신의 이름은 카카 상입니까?" 잠시 후에 작은 남자가 물었다.

"아니요, 내 이름은 망송제르, 바다 주교요. 정식으로 인사 드리오. 그런데 왜 물으시오?"

"왜냐하면 **이해할 수밖에 없는 생애 최후의 방임 동안, 카카 상은 상자 안에서 정말 불결한 짓들을 했기 때문입니다.**"*

* 로티의 단편소설 『노부부의 노래(Le Chanson des vieux époux)』(1899)에 등장하는 구절을 인용한 것이다. 이 이야기에는 남편 토토 상과 아내 카카 상이라는 일본인 부부가 등장하는데, 다리를 못 쓰는 카카 상을 토토 상이 바퀴 달린 상자에 실어 끌고 다닌다. 인용된 문장은 카카 상이 상자 안에서 죽음을 맞이한 이후 등장한다. 한편 카카(Kaka)라는 이름은 프랑스어 'caca(똥)'를 연상시킨다.

31장
음악적 분출에 관해서

“네 이름은 무엇이냐?”
“씹은똥,” 파뉘르주가 대답했다.
—『팡타그뤼엘』 제3서.

여기서 우리는 구덩이 입구의 좁은 목을 밀폐한 밸브가 얇은 고무로 되어 있다는 사실을 주지해야 하고, 전화기를 고안한 위대한 발명가 그레이엄 벨의 사촌인 치체스터 벨의 여러 발명품을 고려해야 합니다. 또한, 관의 위쪽 끝에 팽팽하게 씌운 막 위로 물줄기를 떨어뜨리면 마이크 효과가 생긴다는 점, 특정 시간 간격을 따르면 여타 간격보다 액체 줄기를 더 쉽게 맺을 수 있으며 나아가 자연의 섭리에 따라 여타 소리보다 더 좋은 소리가 난다는 점을 상기해야 합니다. 마지막으로, 주교의 둔부가 의도되지 않았음에도 매우 음악적인 분출을 발산했고, 주교가 낭독을 맺으면서 일어서던 도중에 비로소 그 증폭된 진동을 감지했다고 밝혀도 분개하지 않아야 합니다.

아가씨들*의 목소리가 일면서 작은 남자를 찬양했습니다.

아가씨들(여리게, 4분의 4박자, 올림표 세 개), 그

* 원문 그대로. 「꿈의 섬」, 레날도 안 작곡, P. 로티, A. 알렉상드르, G. 아르트만 작사, 로티의 세례 장면. 『르 피가로』, 1897년 10월 30일 토요일 자. — 원주

중 몇이 **고요하게**(**미-솔-도-미**… **시-미-시, 페달**):

“우리의 노래로 네 괴로움을 달래 줄게!(**파-라 올림표**) 나머지: 네 검은 슬픔이(**솔-시 올림표**). 파도의 잔잔한 속삭임을 향해 날아오르길(**내림표 다섯 개, 페달, 수정같이 맑게**)….

낯선 이여(**솔 제자리표-시**), 우리의 외로움을 매료시키려면, 이름을 바꿔야 해(**고요하게**) 지금 것은 음절이 너무 투박하니, 다른 이름을 지어야 해(**라 내림표**) 산꼭대기의 꽃 이름같이(**솔 올림표, 시 원음**).”

몇몇이 이름을 제안한다: “아타리.” 나머지: “페이.”

아가씨들: “안 돼!(**페달, 8분쉼표 두 개**) 로-티(**시-파, 페달, 늘임표**).”

아가씨들: “지금부터(**페달, 페달**) 이자의 이름은 로-티야.” 모두가 그를 둘러싸며: “세례의 시간이 왔다!(**다소 장중하게.**) 노래의 나라에서, 사랑을 나누는 나라에서(**4분쉼표**), 로-티(**미 내림표, 도, 4분쉼표, 점점 세게**), 로-(**도**) 티(**미 내림표**)가 네 궁극의 이름이 되리(**원문 그대로**).”

아가씨들(**계속**): 노래의 나라에서, 사랑을 나누는 나라에서, 로티, 로티가 네 궁극의 이름이 되리(**4분쉼표 두 개**). 로-티(**미 내림표, 미 내림표**)라 부르리, 로-티라 부르리, 그리고 (**페달, 페달**) 널 축복(**시 내림표**)하리! (**큰 환호성.**)

밸브가 열리면서 음악이 멈췄습니다. 성수를 뿌린

주교는 다시 반지를 끼운 다음, 손을 얹으며 **아가씨들**의 축복을 공인된 몸짓으로 공표했고, 단번에 분출을 그쳤습니다.

32장
어떻게 화폭을 입수했는지에 관해서

피에르 보나르*에게

포스트롤이 향을 피우자, 상상에서만 존재했기 때문에 완전히 죽지도 못한 보스드나주의 유령이 모습을 드러내며 경건히 "아 아"라고 말한 뒤 입을 닫고 분부를 기다렸습니다.

이날 저는 헤아릴 수 없는 이 말의 새로운 의미, 특히 모든 것의 시초인 α는 곧 의문형이라는 사실을 깨달았는데, 왜냐하면 현재 공간에서는 주해를, 또 시간의 지속 안에서는 본문보다 더 큰 부록을 요청하기 때문입니다.

"여기 수십억 어치의 현금이 있다." 박사가 루비 단추가 달린 손지갑을 뒤지며 말했습니다. "순경에게 '오뤽스 부르주아'**라 불리는 국립 백화점으로 가는 길을 물어보고, 가서 화폭을 여러 마 사 오거라.

"매장 관리인인 부그로, 보나, 드타유, 앙네르, J.-P. 로랑***과 아무개에게, 아니면 이들의 점원 패거리나 하청

* 이 책 24쪽 주석 참조.

** Au Luxe bourgeois. 파리에 위치한 뤽상부르 미술관(Musée de Luxemboug)을 가리킨다. 19세기 초부터 20세기 초까지 국가가 소장 중인 미술 작품 중 생존 작가, 또는 사후 10년이 지나지 않은 작가의 것들만 전시한 동시대 미술관으로 운영되었다.

*** 윌리암 부그로(William Bouguereau, 1825–905), 레옹 보나(Léon Bonnat, 1833–922), 에두아르 드타유(Edouard Detaille, 1848–912), 장자크 앙네르(Jean-Jacques

상인들에게 내 이름을 대라. 흥정 실랑이에 얽혀 시간을 허비하지 않도록, 잔말 없이….”

“‘아 아’만 빼고요.” 제가 끼어들어 심술을 부렸습니다.

“모두에게 금을 무더기로 부어 줘서 입술까지 파묻힌 나머지 대꾸하지 못하게 해라. 부그로 씨는 7천 600만 기니, 앙네르 씨는 1만 7천 세라프면 충분할 것이고, 보나 씨의 화폭에는 트레이드마크*로 가장한 가난뱅이 그림이 찍혀 있으니 8천 마라베디를 주거라. J.-P. 로랑 씨는 플로린 서른여덟 다스, 아무개 씨는 상팀 마흔세 개면 될 것이고, 드타유 씨에게는 5억 프랑에다가 팁으로 몇 코펙 더 얹어 주거라. 남은 잔돈은 다른 버러지들 얼굴에 던져 버려.”

“아 아,” 보스드나주는 이해했음을 알린 후 떠날 채비를 했습니다.

“다 좋은데 말입니다,” 제가 포스트롤에게 말했습니다. “이 금을 제 소송 건에 대해 지급하는 게 더 정직한 행동 아닙니까? 정 안 되면 얄팍한 수를 쓰셔서라도 화폭을 몇 마 빼돌리시던지요.”

“내 금의 실체에 대해서는 곧 설명해 주겠습니다,”

Henner, 1829–905), 장폴 로랑(Jean-Paul Laurens, 1838–921)은 모두 아카데미 회화 작가다. 당시 프랑스 제3공화국과는 긴밀한 관계를 유지해, 국립 미술관인 뤽상부르 미술관에서는 이들의 작품만 거의 독점적으로 전시되었다.

* trade-mark. 원문에 영어로 표기.

박사가 눈치를 줬습니다. 그리고 보스드나주에게 말했습니다.

"마지막으로 한 마디만 더. 네 돌출턱에서 장사꾼의 말을 씻어 내고 싶으면 그 용도로 만들어진 작은 방에 들어가면 된다. 방 안에는 성인들의 성화 여러 점이 빛나고 있을 거다. 「가난한 어부」* 앞에서 모자를 벗어 경의를 표하고, 모네의 그림들을 향해 고개를 숙이고, 드가와 휘슬러 앞에서 무릎을 꿇고, 세잔이 보이면 네발로 기고, 르누아르 발밑에서 엎드려 절하고, 「올랭피아」 액자 아래 놓인 타구에 묻은 톱밥을 핥거라!"**

"아 아,"라고 보스드나주는 전적으로 수긍했고, 서두르는 발걸음에서 그의 열의의 가장 열렬한 표출이 묻어났습니다.

박사는 제게로 몸을 돌려 말을 이어 갔습니다.

"빈센트 반 고흐가 도가니를 밀봉한 진흙을 벗겨

* Le Pauvre pêcheur. 피에르 퓌비 드 샤반느(Pierre Puvis de Chavannes, 1824–98)의 1881년작 유화.

** 인상주의 작가들의 후원자이자 본인 또한 화가였던 귀스타브 카유보트(Gustave Caillebotte, 1848–94)은 사후에 본인의 소장품을 국가에 기증하도록 유언을 남겼다. 카유보트의 컬렉션에는 샤반느의 「가난한 어부」와 에두아르 마네(Edouard Manet, 1832–83)의 「올랭피아(Olympia)」(1863)를 비롯해 여기서 언급되는 클로드 모네(Claude Monet, 1840–926), 에드가 드가(Edgar Degas, 1834–917), 제임스 맥닐 휘슬러(James McNeill Whistler, 1834–903), 폴 세잔(Paul Cézanne, 1839–906), 피에르오귀스트 르누아르(Pierre-Auguste Renoire, 1841–919)의 작품이 다수 포함되어 있었는데, 부그로와 보나 등("매장 관리인"들)이 회원으로 있던 프랑스 학사원(Institut de France)은 미풍양속을 해친다는 이유로 이 작품들의 국가 소장을 반대했다. 이 컬렉션은 1897년 뤽상부르 미술관의 카유보트 특별실에서 공개되었다.

낸 다음 안의 덩어리를 식혀서 현자의 돌 상태로 무사히 만든 날에, 현실이 된 이 신비가 닿는 모든 것을 금속의 왕으로 변하게 한 날, 그러니까 이 세계의 첫 번째 날에, 이 걸작의 장인은 빛나는 수염의 찬란한 끄트머리를 손가락으로 쓰다듬는 것만으로 그저 만족하며 이렇게 말했다고 합니다. '참으로 아름다운 노란색이다!'

나 역시도 이 돌을 소지하고 있기 때문에(포스트롤은 여러 반지 중 하나에 박힌 이 돌을 제게 보여 주었습니다.) 모든 사물을 손쉽게 변화시킬 수 있지만, 내가 실험해본바, 두뇌가 이와 동일한 돌로 이루어진 자들만이 그 은혜를 누릴 수 있습니다(박사는 자기 두개골의 숨구멍에 박아 넣은 시계접시를 통해 이 돌을 제게 두 번째로 보여 주었습니다)…."

그때 보스드나주가 못을 뽑지 않은 화폭이 넘칠 정도로 가득 실려 있는 열한 량의 화물차와 함께 돌아왔습니다.

"친구여," 포스트롤이 마지막으로 말했습니다. "이 사람들에게 금을 주는 것이 가능하다고, 그들의 전대 속에서 금이 금으로 남고 금에 걸맞은 것으로 유지될 수 있다고 생각합니까?

지금 이들을 뒤덮고 있는 것은 기다란 수평의 물결을 이루며 화폭 위에까지 퍼져 나갈 것입니다. 이것은 어리고 순결하여, 아이들이 지저분하게 싸지르는 그것과 모든 면에서 흡사합니다."

박사는 고르지 않은 색들로 훼손된 사변형들의 중심을 향해 그림 그리는 기계의 자비로운 창을 겨냥한 뒤, 세관원이라고도 불리는 예술가 겸 화가 겸 실내장식가, 저명하고 수상 경력이 있으며, 63일 동안 온 정성을 다해 국립 백화점에 있는 우거지상들의 무능한 다양성에 혼돈의 차분한 균일성이라는 화장을 입혀 준 앙리 루소* 씨에게 이 기계 괴물의 지휘권을 맡겼습니다.

* Henri Rousseau (1844–910). 프랑스 화가. 실제로 1890년대까지 세관원으로 일했다.

6권
루쿨루스의 거처에서

33장
나뭇가지에 관해서

포스트롤은 비지테 곁에서 잠이 들었습니다.

고대로부터 세계 성운 속을 지켜 온 땅의 맨살 위에는, 칼로 재단한 커다란 침대가 네모나게 자리 잡고서 모래의 좀먹은 시간을 땅에 쏟아 내고 있었습니다.

이 무수한 침묵 가운데, 나선형이 칠해진 태피스트리를 덮은 비지테는 무한급수처럼 그녀를 사랑해 줬던 포스트롤이 과연 오므렸다 폈다 하는 그녀의 손에 힘입어 혈액순환에 따른 분출을 뿜어낼 만한 마음을 지닌 자인지 알아보고 싶어졌습니다.

회중시계의 째깍대는 소리가 손톱이나 펜촉이나 못을 책상 위에 긁을 때처럼 비지테의 귓가에 울렸습니다. 아홉까지 세자 맥박이 잠시 멈추었고, 다시 열하나로 넘어갔습니다….

주교의 딸은 이어지는 고동 소리보다 자신의 졸음 소리를 먼저 들었고, 그 어떤 소리도 프리아포스*의 빈도에 나가떨어진 그녀를 방해하지 못했습니다.

노란 눈의 빨간 머릿니처럼 보이지 않는 나뭇가지**

* Priape. 번식과 풍요한 작물을 상징하는 고대 그리스 시대의 신으로, 거대한 음경이 항상 발기한 상태로 묘사된다.

** 원문은 라틴어 단어 'termes'로, 잘린 나뭇가지 또는 몽둥이를 뜻하며 여기서는 음경을 암시한다.

는 낡은 침대의 떡갈나무 기둥 위에 앉아, 육신대는 머리의 등시(等時) 운동을 포스트롤의 동기화 심장에게 내주었습니다.

34장
클리나멘

폴 포르*에게

…한편, 모두가 세상에서 사라진 후, 납작하게 밀린 황량한 파리에 홀로 우뚝 서 있는 기계 궁전**의 철의 방 안에서, 그림 그리는 기계는 내부의 질량 없는 용수철 장치가 생명을 불어넣자 방위각 방향으로 회전하기 시작했습니다. 팽이같이 기둥에 부닥치면서 방향을 무한히 바꿔 가며 기울고 틀어지는 와중에, 가장 연한 색이 수면 가장 가까이에 있는 푸스라무르 칵테일***처럼 배 속 튜브마다 층층이 쌓인 원색을 연달아 벽의 화폭에 마구잡이로 뿜었습니다. 이 기계는 바로 1897년, 콧수염이 있음에도 용모가 유순하고 무공훈장을 치하받기도 한 중년의 한 남자가 전쟁부에 현명하게 인수하기를 제안했던 물건으로, 전쟁부는 이걸로 내킬 때마다 국가 방위에 봉사하는 군 수송차나 포가(砲架)를 잽싸게 색칠할 수 있

* Paul Fort (1872–960). 프랑스 시인. 극장 테아트르 다르(Théâtre d'Art)를 1891년 설립한 뒤 이후 1893년 테아트르 드 뢰브르(Théâtre de l'Œuvre)로 이름을 바꿨는데 이 극장에서 「위뷔 왕」이 초연되었다.

** Palais de Machines. 1889년 파리 만국박람회를 위해 마르스 광장(Champs de Mars)에 에펠탑과 함께 세운 파빌리온으로, 강철과 유리로 지었다. 1910년 철거되었다.

*** pousse-l'amour. 비중의 차이를 이용해 여러 음료를 섞지 않고 층층이 쌓는 푸스(pousse) 칵테일의 일종으로, 마라스키노, 계란 노른자, 브랜디 등이 들어간다. 이름을 직역하면 '사랑을 밀다'라는 뜻이 된다.

었습니다. 책임 위원회가 자리한 가운데 이 기구를 새 문에 겨누었고, 붓을 갖춘 포병 둘이 비슷한 다른 문 앞에 배치되었습니다. 그런데 신호가 채 내려지기도 전에, 심지어 두 병사가 화가 자세로 무장하는 첫 번째 자세를 취하기도 전에, 괴상한 덩어리가 추접하게 내려앉으면서 시험용 문과 다른 문과 창문과 건물 전체가 파묻혀 사라졌고, 동시에 녹색 안개가 공중을 채웠습니다. 이제 더 이상 위원회나 포병의 문제가 아니게 된 겁니다. 이 모든 것이 흔적 없이 사라졌으니 말입니다!

밀폐된 궁전에는 죽은 광택, 보편적인 센 강의 현대적 홍수만이 털을 곤두세우고 있었고, 뜻밖의 짐승 클리나멘*이 자기 세계 내벽면에 이렇게 사정(射精)했습니다.

네부카드네자르가 짐승으로 변하다

석양이 아름답구나! 아니 어쩌면, 배보다 커다란 술통에 난 현창 같은 달, 아니면 이탈리아 병의 기름 덮인 뚜껑 같은 달일지도. 황금 유황이 채운 하늘은 너무도 붉어서, 500미터 위에 새가 한 마리 있어 우리 쪽으로 구름만 살짝 날려 보내 준다면 모자랄 게 없겠다. 이 모든 불꽃의 기반이 되는 건축은 생생하고 심지어 조금씩 움직이지

* Clinamen. 편위(偏位)라고도 번역한다. 고대 로마 철학자 루크레티우스의 『사물의 본성에 관하여(De rerum natura)』에 따르면, 클리나멘은 일정하게 수직 낙하하는 원자들이 기존 궤도에서 아주 살짝 이탈하는 현상을 가리킨다. 비결정적인 이 미세한 변칙 덕에 운동이 발생하고 자연이 생성되며, 필연을 벗어날 수 있는 자유의지가 가능하다고 루크레티우스는 설명한다.

만, 지나치게 낭만적이다! 눈과 부리가 달린 탑, 작은 순경처럼 모자를 쓴 망루가 보인다. 지켜보는 여자 두 명은 마치 건조하러 내건 구속복처럼 창문의 바람에 나부낀다. 여기 새가 있다. 거대한 천사, 천사 아닌 권천사로, 기왓장이 모루의 철처럼 정확한 검정색을 띤 제비의 비행을 따라 내리 덮친다. 컴퍼스가 한쪽 끝을 지붕 위에 찍은 채 닫혔다가 다시 열리고, 네부카드네자르 주위로 원을 그린다. 팔이 변신의 주술을 왼다. 왕의 머리털은 곤두서는 대신, 바다코끼리의 축축한 수염처럼 아래로 늘어진다. 식물을 닮은 동물의 축 처진 이파리 위에 마치 모든 별들을 반사하는 듯 가득 돋은 예민한 혹들을, 그의 머리카락 끝은 절대 틀어막지 않을 것이다. 작은 날개들이 두꺼비 물갈퀴의 리듬에 맞춰 파닥인다. 푸른 항변이 눈물 줄기를 거슬러 오른다. 애통한 눈동자가 와인색 하늘의 무르팍까지 기어서 올라간다. 하지만 이미, 천사가 갓 태어난 괴물을 유리 궁전의 핏속에 사슬로 묶어 유리병 바닥에 던져 버린 후였다.

강과 초원

강은 노로 따귀를 때릴 만큼 얼굴이 통통하고 무르고, 목은 주름으로 자글자글하고, 피부는 녹색 솜털처럼 푸르다. 두 팔 사이 심장 쪽에 번데기 모양의 작은 섬을 품고 있다. 초록색 드레스를 입은 초원은 어깨와 목 사이 오목한 곳에 머리를 받친 채 잠을 잔다.

십자가를 향해

무한의 한쪽 끝에 있는 직사각형 모양의 하얀 십자가 위에 악마들이 악한 도둑과 함께 못 박혀 있다. 직사각형 주위로는 오각 별로 창살을 장식한 하얀 울타리가 있다. 대각선 방향으로 천사가 내려와 파도 거품처럼 조용하고 하얗게 기도한다. 그리고 성스러운 이크티스*를 흉내 내는 뿔 돋은 물고기들이, 쌍갈래 선홍색 혀 외에는 온통 녹색인 용을 관통해 꽂힌 십자가를 향해 역류한다. 머리는 곤두서고 눈은 렌즈 모양인 피칠갑한 생물체가 나무를 둘러 똬리를 튼다. 갈지자로 재주를 넘으며 초록 피에로가 달려온다. 만드릴 원숭이나 광대와 닮은 온갖 악마들이 꼬리 지느러미를 곡예사의 다리처럼 쫙 벌린 채, 준엄한 천사에게 간청하며(“**미스터 로열, 즈어와 한번 즐기어 보시겠어요?**”**), 수난을 향해 전진하며, 바닷소금에 절은 어릿광대 머리털을 휘날린다.

신은 아담과 이브에게 선악과 나무를 만지는 것을 금한다 천사 루시퍼가 도망간다

신은 젊고 온화하며, 분홍색 후광을 두르고 있다. 옷은 푸르고 몸짓은 곡선을 그린다. 나무의 아랫동아리는 틀

* Ichthys. 초기 그리스도교가 사용한 물고기 모양의 상징.

** 프랑스 서커스에서는 곡마단장을 ‘미스터 로열(Mister Loyal)’이라고 부르는데, 18세기 말 왕성히 서커스를 운영한 가족의 이름에서 유래됐다. 이 문장은 광대가 곡마단장에게 던지는 전형적 멘트다.

려 있고 이파리는 비스듬하다. 다른 나무들은 푸르를 뿐이다. 아담은 예배하고, 이브도 예배하고 있는지를 살펴본다. 둘은 무릎을 꿇고 있다. 시간 같은, 신드바드가 돌로 때려 죽인 바다의 노인 같은 늙은 천사 루시퍼는 금빛 뿔로 측면의 에테르를 향해 뛰어든다.

사랑

사랑은 색이 변하는 베일과 꼭 닮았고, 영혼은 이를 몸에 두른 채 번데기 가면을 쓴 모습이다. 영혼은 뒤집힌 해골 위를 걷는다. 그가 몸을 숨긴 벽 뒤에서는 발톱이 무기를 휘두른다. 독으로 세례를 받는다. 벽을 이루고 있는 오래된 괴물들이 녹색 수염 아래로 웃는다. 심장은 여전히 빨갛고 파랗다가, 자신이 짜던 색이 변하는 베일이 인위적으로 멀어질 때면 보랏빛이 된다.

광대

그의 빨간 볼이 태피스트리의 사자를 쏠아 먹듯, 동그란 곱사등은 세계를 감춘다. 진홍색 비단 옷에는 클로버와 다이아몬드가 그려져 있고, 방울 달린 성수채로 태양과 녹음(綠陰)을 향해 축복의 성수를 뿌린다.

"멀리! 더 멀리!" 신이 체념한 자들에게 외친다

산이, 태양과 하늘이 붉다. 손가락 하나가 위를 가리킨다. 바위가 솟아오르고 절대적 꼭대기가 시야에서 사라진다. 꼭대기에 도달하지 못한 몸들은 머리가 아래로 향한 채 거꾸로 추락한다. 하나는 뒤로 손부터 떨어져서 쥐고 있던 기타를 놓친다. 등돌린 다른 하나는 병(甁) 가까이에서 기다린다. 또 하나는 길 위에 누워 눈만으로 등정을 이어간다. 손가락이 다시 가리키고, 태양은 이들이 복종하기만을, 자신이 지기 전까지 기다린다.

공포는 침묵을 만든다

과부가 된 교수대나, 교각이 메마른 다리나, 검은 데 만족하는 그림자가 아니라면, 두려워할 것 없다. **공포**는 고개를 돌리며 눈꺼풀을 낮추고 돌 가면 위 입술을 다문다.

지옥에서

지옥의 불은 액체 피로 되어 있어서 그 아래로 지나는 것들이 보인다. 번민하는 머리가 잠기고, 해저의 나무처럼 몸뚱이마다 팔이 하나씩 솟아 불이 사그라진 곳을 향해 뻗는다. 거기에는 무는 독사가 있다. 불타는 피는 사람들이 추락해 들어가는 바위 안에 고여 있다. 붉은 천사는 단 한 가지 손동작만 하면 된다. 그 동작의 뜻은, **위에서 아래로**.

베들레헴에서 올리브나무로

어머니와 아이의 구유 위로, 나귀의 십자가 위로 작고 빨간 별이 있다. 하늘은 푸르다. 작은 별이 후광으로 변한다. 신은 짐승에게 지워진 십자가의 무게를 벗겨서, 자신의 갓 난 인간 어깨 위에 지운다. 검은 십자가가 분홍색으로 변하고, 푸른 하늘은 보라색이 된다. 십자가에 못 박힌 자의 팔처럼, 길이 곧고 희다.

아아! 십자가가 새빨간 색으로 변했다. 상처에 박혀 피를 뒤집어쓴 검이다. 길의 팔 끝에 놓인 몸뚱아리 위로 똑같이 피 흘리는 눈과 수염이 있고, 나무 거울에 비친 제 모습 위로 예수가 한 글자씩 적는다. J-N-R-I.*

단순히 마녀

뒤에는 곱사등, 앞에는 배, 목은 비틀리고, 빗자루에 올라타 꿰뚫듯 날면서 머리카락으로 휘파람 소리를 내고, 새빨간 하늘에 서식하는 발톱 아래를, 악마에게 이르는 길을 가리키는 집게손가락들 아래를 지난다.

지복에서 나온 신이 세계들을 창조한다

푸른 오각 별의 후광을 두른 신이 위로 올라, 축복하고 씨를 심고 하늘을 더욱 푸르게 만든다. 붉은 상승의 관념으로 붉어져 태어나고, 금빛 별은 후광을 되비춘다. 태양들은 십자가처럼 거대한 네잎클로버로 꽃핀다. 아직껏 창조되지 않은 것은, 유일한 형식을 위한 하얀 드레스뿐이다.

* 'INRI'는 '유다인의 왕 나자렛 예수(Iesus Nazarenus Rex Iudaeorum)'의 두문자어다. 예수가 못 박힌 십자가 위에 이렇게 쓰인 명패가 붙었다는 데에서 비롯된 전통이다. 'JNRI'는 이를 염두에 둔 표현으로 보이나, 그 의미는 알 수 없다.

의사들과 연인

초록 물처럼 가만한 침대 안에는 쭉 뻗은 팔들이, 아니 어쩌면 팔이 아니라, 죽은 사람 위에 자라는 머리칼을 둘로 나눈 묶음들이 부유한다. 이 머리칼의 가운데 부분은 돔처럼 굽어 있고 전진하는 거머리처럼 물결친다. 얼굴들, 부패물 위에서 부풀어 오른 버섯들이 고통의 창유리 뒤에서 골고루 그리고 빨갛게 피어난다. 첫 번째 의사는 이 돔 뒤에 있는 더 큰 구로서 사다리꼴의 특징을 지니며, 눈을 가늘게 뜨고 두 볼을 깃발로 장식한다. 두 번째 의사는 쌍둥이 구체 안경의 외부 균형을 즐기면서, 아령의 칭동을 사용해 진단을 계량한다. 늙은 셋째 의사는 머리카락의 하얀 날개로 몸을 가리고, 아름다움이 두개골로 돌아올 것이라 절박하게 고하며 자신의 두개골을 윤낸다. 네 번째 의사가 이해하지 못하고 바라만 보는 것은… 연인으로, 연인은 날아가는 두루미 떼의 모양처럼, 또는 기도하거나 수영하는 사람이 맞댄 두 손바닥처럼 눈썹의 안쪽 끝을 치켜올려 모은 채, 브라만 여자들이 **쿠르무쿰**이라 일컫는 매일의 예배 자세에 따라, 눈물 줄기의 자취를 거슬러 영혼을 쫓아 항해한다.

7권
쿠르무쿰

순디야, 또는 브라만들의 일일 기도*

* 『순디야, 또는 브라만들의 일일 기도(The Sundhya, or the daily prayers of the Brahmins)』(1851)는 인도 승려들이 매일 아침 행하는 의례의 절차와 동작을 삽화와 함께 설명한 책이다. 캘커타로 1847년 이주한 화가 소피 샤를로트 벨노스(Sophie Charlotte Belnos, 1795–865)가 현지의 문헌과 인터뷰를 수집해 영어로 출간했다. 쿠르무쿰(Khurmookum)은 이 책에 설명된 수인(手印) 중 하나로, 양손을 모은 뒤 땅과 수평을 이루도록 앞으로 뻗는 손동작이다.

35장
커다란 범선 낟주딩이에 관해서

체는 화염과 조용한 죽음에 휩싸인 도시에서 덜된 송진처럼 불타오를 뻔했으나, 키 손잡이를 당기는 포스트롤의 동작에 힘입어 뱃머리의 충각을 위로 추켜들면서, 망송제르의 자비로운 홀장과는 상반되는 몸짓을 보였습니다.

유약 덕에 침몰하지 않는 이 그물망은 마치 작살이 여러 개 꽂힌 철갑상어처럼 파도의 톱니 위로 늘어졌고, 그 아래에는 물과 공기가 번갈아 배치된 건반이 깔려 있었습니다. 7일간의 살육에 따른 시체들이 현현할 곳에 앞서 자리한 소멸이, 격자 창살 뒤로 피신해 있는 저희를 호시탐탐 엿보았습니다.

그림자 섬의 두꺼비가 밤참으로 해를 덥석 물었고, 물은 밤이 되었습니다. 달리 말해 둑이 사라지고 하늘과 강 사이의 차이가 없어진 가운데, 조각배는 거대한 눈 또는 고정된 풍선의 눈동자로 변하여 좌우로 현기증을 느끼고 있었고, 저는 노 한 쌍으로 그 깃털을 쓰다듬어 주라는 명령을 받은 차였습니다.

꼼짝 않던 술통들이 공처럼 둥글게 말려 급행으로 물살을 거슬러 올라왔습니다.

이를 피하기 위해 포스트롤은, 마지막 단 한 번의 어둠을 향해 담요 속으로 몸을 숨길 때처럼, 운하의 거룻배들을 강으로 토해 내고 있는 600미터 길이의 수로 안으로 조각배를 몰아갔습니다.

(팡뮈플의 진술 끝)

범선 낟주딩이*—낫 모양의 얼룩이 있는 말의 주둥이라는 뜻이다.—가 바로 앞 수평선에서 검은 태양처럼 떠올랐고, 터널 끝의 빛 아치 아래에 있는 그 모습은 마치 가죽 눈 가면 없는 눈동자가 노란 붓꽃의 초록색으로 칠해진 제 동공의 응시에 다가서는 것 같았다. 궁륭 가장자리의 돋을장식 같은, 보이지 않는 예인로에 깔린 포석 위로, 죽음의 신호를 이끄는 짐승 네 마리가 간신히 굽으로 걸어오면서 앞발 편자 소리를 또각또각 울렸다.

포스트롤은 토파즈로 장식한 두 번째 손가락을 입에 넣어 축인 뒤 배 바닥의 파라핀을 긁어냈다. 아르투아식 우물(그날 지옥은 아르투아에 있었다.)가 발치에서 쉭쉭대면서, 욕조를 비울 때 나는 삼키는 소리와 반대의 소리를 냈다. 체가 최후의 맥박에 맞춰 흔들렸다. 물은 마지막 두 개의 체 구멍에 코안경을 짠 뒤 역연동 혀가 그 이중 처녀막을 유린하게 내버려 두었는데, 이 두 개의 구멍은 팡뮈플과 포스트롤의 입이라 이름 붙여졌다. 반짝이는 공기 방울로 치장한 구리 왕복선과 뺨에 남은 숨을 내쉬는 턱들은 물속으로 가라앉는 동전을, 혹은 물거미

* Mour-de-Zencle. 라블레가 사용한 단어 두 개를 조합한 것으로, 'mour(re)'는 동물의 주둥이, 'zencle'은 낫 모양의 얼룩을 뜻한다.

의 둥지를 흉내 냈다. 포스트롤은 신을 위한 새 화폭 하나를 간수해 둔 채, 틴들*의 하늘과는 다른 하늘을 그림 그리는 기계의 정화수에 담근 다음, 브라만 여자들이 '쿠르무쿰'이라 일컫는 매일의 예배 자세에 따라 기도하는 사람 혹은 수영하는 사람처럼 두 손바닥을 맞댔다. 커다란 범선 낟주딩이가 다림질하는 검은 인두처럼 지나갔다. 과거 시제 말[馬]의 뿔 발가락 열여섯 개에서 울리는 메아리 소리가, 궁륭의 출구에 다다를 때까지 **쿠르무쿰**이라고 조잘거리면서, 영혼과 함께 멀어졌다.

이것이 포스트롤 박사가 보여 준 죽음의 몸짓이었다. 그의 나이 63세였다.

* John Tyndall (1820–93). 아일랜드의 물리학자. 미립자가 산재한 공간에 가시광선이 통과할 때, 빛이 산란되는 현상을 관찰했다. 켈빈 경은 틴들의 이 실험을 "틴들의 파란 하늘(Tyndall's blue sky)"이라고 칭했다.

36장
선(線)에 관해서

주교가 신이 보낸 편지를 읽다

펠릭스 페네옹*에게

팡뮈플은 원숭이가 단조로운 장광설로 방해하는 바람에 포스트롤의 원고를 서론까지밖에 판독하지 못했지만, 이 책에 포스트롤은 자신이 아는 **아름다움**의 아주 작은 일부분, 또 자신이 아는 **진실**의 아주 작은 일부분을 단어의 삭망 동안 기록했다. 이 작은 편린만으로 모든 예술과 모든 학문을, 즉 **모든 것**을 재건할 수 있을 것이다. 하지만 **모든 것**이 반듯한 결정체인지, 아니면 괴물인 편이 더 그럴 법하진 않은지 알 수 있을까(포스트롤은 세계를 '나에 비해 예외적인 것'이라고 정의했다)?

바다 주교는 난파한 기계 배, 작품의 정수들, 팡뮈플의 시체와 포스트롤의 몸 사이를 헤엄치면서 이렇게 생각했다.

하지만 곧 주교는, 박식한 케일리 교수**의 주장처럼, 2미터 50센티미터짜리 검은 칠판 위에 분필로 그린 곡선 하나가 한 계절의 모든 대기 변화, 한 전염병의 모

* Félix Fénéon (1861–944). 프랑스의 저술가이자 미술비평가.
** Arthur Cayley (1821–95). 영국의 수학자.

든 사례, 모든 도시의 양품점에서 벌어지는 모든 실랑이를, 또, 모든 악기의 모든 소리 그리고 100명의 가수와 200명의 연주자의 모든 목소리에 나타나는 모든 악절과 세기를, 귀에 들리지는 않을지언정 각 관객 또는 오케스트라 단원의 위치에 따라 달라지는 위상 차이까지 고려해 상세히 설명한다는 사실을 기억했다.

이때, 침과 물의 이빨으로 말미암아, 포스트롤의 몸에서 벽지가 펼쳐져 나왔다.

마치 악보처럼, 이 60대 청년의 사지 곡선에 모든 예술과 모든 학문이 새겨지면서 앞으로 무한히 개선될 것을 예언했다. 케일리 교수가 과거를 검은 이차원 면에 기록했으니, 입체형 미래는 몸을 나선 모양으로 휘감았던 것이다. 신은 공간의 세 방향(어떤 이들에게는 네 개 또는 N개일 것이다.)으로 펼쳐지는 아름다운 진실에 대한 책을 계시했고, 시체 안치소는 이 책을 이틀 동안 보면대 위에 숨겨 두었다.

그동안 포스트롤은, 그의 영혼이 추상적이고 벌거벗었기에, 불가지 차원의 왕국을 갖춰 입었다.

8권
에테르니테*

루이 뒤뮈르**에게

철학을 살짝 맛보면 무신론으로 기울지만,
깊이 들이마시면 다시 종교로 돌아간다.
— 프랜시스 베이컨***

* éthernité. 'éther(에테르)'와 'éternité(영원)'를 결합한 것이다.

** Louis Dumur (1864–933). 19세기 말부터 파리에서 활동한 스위스 작가.

*** Leves gustus ad philosophiam movere fortasse ad athismum, sed pleniores haustus ad religionem reducere. 원문에 라틴어로 표기됨. 영국 철학자 프랜시스 베이컨(Francis Bacon, 1561–626)의 「무신론에 대하여(Of Atheism)」 속 한 구절이다.

37장
계량 척도, 회중시계, 소리굽쇠에 관해서

포스트롤 박사가 켈빈 경*에게 보낸 텔레파시 편지

"친애하는 동료께,

오랫동안 소식을 전하지 못했습니다. 하지만 제가 죽었다 믿고 계시리라고 생각하진 않습니다. 죽음은 범인들에게나 해당되는 것이지요. 그렇지만 제가 더 이상 지구에 있지 않다는 점은 확실합니다. 지금 있는 곳은 저도 알게 된 지 얼마 지나지 않았습니다. 선생님께서도 동의하시는 바이겠지만, 논하는 대상을 계량할 수 있고, 유일한 실재인 숫자로 그것을 표현할 수 있어야 이 주제에 대해 뭔가를 안다고 할 수 있습니다. 하지만 여태까지 알아낸 것은 제가 지구가 아닌 다른 곳에 있다는 것 정도입니다. 수정은 단단함의 나라라는 다른 곳에, 하지만 루비보다 영예롭지 못한 곳에 있고, 또 루비는 다이아몬드보다, 다이아몬드는 보스드나주 엉덩이에 박힌 못보다, 이 서른두 겹 주름—사랑니까지 포함한 이빨 수보다 많습니다.—은 잠재적 어둠의 산문보다 더 못한 다른 곳에

* Lord Kelvin. 영국의 수리물리학자이자 공학자인 제1대 켈빈 남작 윌리엄 톰슨(William Thomson, 1st Baron Kelvin, 1824–907)을 가리킨다. 그의 강연과 연설을 모은 책이 1893년 프랑스어로 번역되었는데, 37장과 38장에 등장하는 많은 내용, 이름, 표현은 이 책에서 차용한 것이다.

있다는 사실을 아는 것과 마찬가지입니다.

하지만 날짜나 장소의 관점에서 다른 곳에, 앞 또는 옆에, 뒤 또는 더 가까이에 있는 걸지요? 선생님, 저는 시간과 공간을 버릴 때 있게 되는 그곳, 그러니까 무한한 영원 속에 있는 것입니다.

제 장서와 금속 천으로 된 조각배, 보스드나주와 집행관 르네이지도르 팡뮈플 씨와의 교우, 제 감각, 지구, 그리고 칸트가 말한 사유의 유서 깊은 두 가지 방식 전부 잃었으니, 자연스럽게 저는 테이트 씨와 듀어 씨*가 말한 현대적 진공 속에서 다른 분자들로부터 수 센티미터 떨어져 고립된 잔류 분자처럼 괴로워야 마땅할 것입니다. 게다가 이 분자는 저 자신이 다른 것들과 수 센티미터 떨어져 있다는 사실을 어쩌면 자각하고 있을지도 모릅니다! 계량 가능한 대상인 동시에 계량의 도구이기 때문에 제게 단 하나 유효한 공간 기호인 1센티미터를 위해, 또 제 지구인 육체의 심장박동이 맞춰져 있는 평균 태양시 1초를 위해, 저는 제 영혼도 줄 수 있습니다, 선생님, 비록 이 진기한 것들을 당신께 설명하는 데 그 영혼이 요긴하게 쓰일지라도 말입니다.

몸이 반드시 필요한 매개 수단인 까닭은 몸이 옷을 지탱하기 때문에, 나아가 옷을 통해 주머니를 지탱하기 때문입니다. 저는 주머니에 제 센티미터를 넣어 놓았다

* 스코틀랜드의 수학자 피터 테이트(Peter Guthrie Tait, 1831–901), 화학자 겸 물리학자 제임스 듀어(James Dewar, 1842–923)을 가리킨다.

는 사실을 잊고 말았는데, 이 물건은 전통적 척도를 놋쇠에 정확히 베낀 것으로, 지구와 심지어 지상용 사분의보다도 휴대가 용이하고, 이것만 있다면 행성 간 현자들의 떠놀이 사후 영혼들은 이 낡은 구체나 크기를 측정할 때 사용하는 CGS 단위계에 더 이상 신경 쓸 필요가 없습니다. 모두 메셍 씨와 들랑브르 씨* 덕이지요.

한편 제 평균태양시 1초의 경우, 제가 여전히 지구에 머물러 있었다면 이것을 계속 보전해야 할지, 또 이것을 활용해 시간을 측정하는 것이 유효할지 확신할 수 없었을 겁니다.

수백만 년 후에도 제가 제 파타피지크 저작을 완성하지 못한다면, 단언컨대 지구의 자전과 공전 주기 둘 다 지금 수치와는 전혀 다른 것이 되어 있을 겁니다. 그때까지 계속 작동할 훌륭한 회중시계를 장만하는 데에 들 엄청난 비용은 차치하더라도, 저는 수백 년씩 걸리는 실험은 하지도 않고 연속성에도 관심 없으며, 차라리 주머니 안에 시간 그 자체를, 아니면 시간의 즉석 사진이라 할 수 있는 시간의 단위를 보관하는 편이 미학적이라고 생각합니다.

바로 이런 이유들 때문에, 크로노미터의 추보다 더 면밀하게 항구성과 절대적 정확성을 지키도록 설계

* 피에르 메셍(Pierre Méchain, 1744–804)과 장밥티스트 들랑브르(Jean-Baptiste Delambre, 1749–833)는 프랑스의 천문학자로, 함께 덩케르크와 바르셀로나 사이 파리 자오선의 거리를 측정해 미터법의 기초를 마련했다.

되고, 수백만 년이 지나도 진동주기를 유지해 오차 범위가 1천분의 1밖에 나지 않는 진동자를 마련했습니다. 소리굽쇠 말입니다. 당신께서 권하신 대로 조각배에 승선하기 전에, 저희의 동료 매클라우드 교수*께 부탁드려 소리굽쇠 주기가 평균태양시 1초에 준하도록 세심하게 조정했는데, 특히 소리굽쇠의 가지를 위, 아래, 그리고 지평선 방향으로 차례대로 틀어 가며 지구 중력의 영향력을 남김없이 제거했습니다.

이제 저는 제 소리굽쇠마저 없습니다. 회중시계도, 계량의 척도도, 소리굽쇠도 모두 다 잃은 채로, 시간과 공간 바깥에 놓인 사람의 막막함을 상상해 보십시오. 선생님, 저는 이것이 바로 죽음을 구성하는 상태라고 생각합니다.

그러던 중 당신의 가르침과 제 옛 경험을 상기했습니다. **아무 데도 아닌 곳** 혹은 그와 동일한 **어떤 곳**에 있었던 저는, 사방에 퍼진 연속된 액체(당신께서는 이를 탄성을 지닌 작은 고체들 또는 분자들이라고 부르시겠죠.) 속에서 나타나는 운동의 개별 양상을 구분하는 맥스웰의 악마**를 비롯해 무수한 악마들을 만났고, 마침내 유리조각을 만들기 위한 물질을 발견했습니다. 제가 바란 대

* John Macleod (1875–935). 영국의 생리학자.

** Distributeur de Maxwell. 맥스웰의 도깨비라고도 한다. 스코틀랜드 물리학자 제임스 클러크 맥스웰(James Clerk Maxwell, 1831–79)가 열역학 제2법칙을 반박하는 사고실험에서 가정한 존재로, 이 악마는 모든 분자의 운동을 파악하고 제어할 수 있다고 가정된다.

로, 규산 알루미늄의 형태였습니다. 부싯돌 도구마저 없는 상태에서 제조해야 했기 때문에, 짧은 시간과 약한 끈기만으로 그 특징을 추적한 다음 초 두 자루에 불을 붙였습니다. 두 줄의 스펙트럼이 보였고, 노란 스펙트럼은 $5,892 \times 10^{-5}$이라는 숫자를 통해 제 센티미터를 되돌려주었습니다.

지금 저희가 유전적 습성대로, 게다가 인력 때문에 구 표면에 붙어 있는 것보다 훨씬 영예로운 방식으로, 단단한 땅 위에 쾌적하고 안락하게 있을 수 있는 것은 이렇게 제가 지구 원둘레의 10억분의 1만큼을 손에 넣은 덕분이니, 부디 제 감회를 몇 가지 말씀드리는 것을 양해해 주십시오.

제가 보기에 영원은 움직이지 않는, 또 그에 따라 빛을 발하지 않는 에테르의 모습을 하고 있습니다. 그렇다면 빛을 발하는 에테르는 원형으로 움직이는 것 그리고 소멸하는 것이라 부를 수 있을 것입니다. 아리스토텔레스(「천체론」)로부터 연역하자면, 이는 **에테르니테**라 쓰는 것이 바람직할 것입니다.

빛을 발하는 에테르와 그 물질을 이루는 모든 미립자—제 아스트랄 신체는 명민한 파타피지크의 눈을 지녔기 때문에 이들을 명확히 구분할 수 있습니다.—는 외관상으로 단단한 봉 여러 개가 연결되어 있고, 이 중 몇몇에 급속 회전운동을 하는 바퀴가 달려 있는 장치의 형태를 하고 있습니다. 나비에와 푸아송, 코시*가 제안한 이상적인 수학적 상태와 정확히 맞아떨어지는 바입니다. 한편 이는 모여서 탄성을 지닌 고체를 구성하는데, 그를 통해 패러데이**가 발견한 편광 평면의 자기회전을 촉발시킬 수 있습니다. 저는 제 사후의 여가 시간 동안, 이것 전체가 회전하는 것을 정지시키고 나아가 간단한 용수철저울의 상태로 환원시켜 보려고 합니다,

제 생각에는, 무한히 작은 고체의 틈새 사이로 무한히 큰 액체를 순환시키는 장치 대신에 접합된 자이로스태트들을 사용한다면, 이 용수철저울 또는 이 빛을 발하는 에테르를 훨씬 덜 복잡하게 만들 수 있을 것 같습니다.

이렇게 변경한다고 해서 에테르의 성질이 소실되지는 않을 것입니다. 제가 보기에 에테르는 촉각적으로는 젤리처럼 탄성이 있으면서, 스코틀랜드 구두 수선공의 왁스처럼 압력에 뭉개지기 때문입니다."

* 루이 나비에(Louis Navier, 1785–836), 드니 푸아송(Denis Poisson, 1781–840), 오귀스탱 코시(Augustin Cauchy, 1789–857)는 모두 프랑스의 수학자.

** Michael Faraday (1791–867). 영국의 물리학자, 화학자.

38장
차가운 고체인 태양에 관해서

켈빈 경에게 보내는 두 번째 편지

"태양이라는 천체는 차갑고 균질한 고체입니다. 태양의 표면은 한 변이 1미터인 사각형으로 나누어져 있는데, 각 사각형은 뒤집힌 기다란 피라미드의 밑면으로서 피라미드마다 둘레에 나사골이 파여 있고, 길이가 696,999킬로미터, 꼭짓점은 구의 중심에서 1킬로미터 떨어진 곳에 위치합니다. 각각은 암나사에 끼워져 있고 중심으로 향하는 인력의 영향하에 있어, 제가 시간만 있었다면, 나사 위쪽에 고정된 회전판은 천체 표면을 메운 점착성 액체 아래로 몇 미터는 끌려 들어갔을 것입니다….

저는 평균태양시 1초를 되찾지 못한 데다가 소리굽쇠까지 잃어버려 상심한 터라, 이 기계적 장관(壯觀)에 큰 관심을 갖지 않았습니다. 하지만 놋쇠 조각 하나를 가져다, 흡사한 상황에서 피조 씨나 레일리 경이나 시즈윅 부인*이 해낸 바를 그대로 본받아서, 그 위에 톱니 2천 개를 깎아 톱니바퀴로 만들었습니다.

돌연히, 지멘스 단위로 측정한 평균태양시 1초당

* 프랑스 물리학자 이폴리트 루이 피조(Hippolyte Louis Fizeau, 1819–96), 영국 물리학자 존 레일리(John Rayleigh, 1842–919), 영국 소설가 세실리 시즈윅(Cecily Sidgwick, 1852–935)을 가리킨다.

9,413킬로미터라는 절대 측정값 속에서 제 1초를 되찾았고, 저와 함께 다시 시간 동력 속으로 들어간 피라미드는 거스를 수 없이 나사에 조여지기 시작해, 평형을 유지하기 위해서는 험프리 데이비 경*이 말한 척력 작용을 상당량 빌려와 그 힘을 상쇄해야만 했습니다. 고정된 물질, 골이 파인 나무, 그리고 나사가 사라졌습니다. 태양은 다시 점착성 물질이 되어 25일 주기로 자전하기 시작했습니다. 몇 년만 지나면 흑점이 보이기 시작할 것이고, 수십 년이면 그 주기를 파악할 수 있을 것입니다. 또 오래지 않아 태양이 나이가 들면 4분의 3 크기로 쪼그라들 것입니다.

다시금 모든 지각, 즉 지속과 크기를 정복하였으니, 이제 저는 모든 사물의 과학에 착수하려 합니다(제 미래의 책 두 권에 들어갈, 새로 쓴 세 꼭지를 곧 받아 보실 수 있을 겁니다). 제 아스트랄 신체의 마비된 추상적 손가락으로 쥐고 있는 제 놋쇠 톱니바퀴의 무게가, 시간당 8미터에 달하는 네 번째 힘이라는 점을 잘 알고 있습니다. 전 모든 감각을 잃었지만, 색을, 온도를, 맛을, 그리고 여섯 개 감각 이외의 특질을 초당 회전수의 숫자만으로 다시 인식할 수 있게 되길 바랍니다….

안녕히 계십시오. 이미, 태양과 수직을 이루는 곳에, 중심이 파란 십자가, 천저와 천고를 향한 빨간 술실, 그리고 여우꼬리의 금색 수평선이 어렴풋이 보입니다."

* Humphry Davy (1778–829). 영국의 화학자.

39장
기하학자 이비크라테스에 따르면

(기하학자 이비크라테스와 그의 탁월한 스승인 아르메니아의 소프로타토스에 의거한 파타피지크의 작은 스케치들. 포스트롤 박사가 번역하고 세상에 알림.)

I. 에로틱에 대한 대화 중 한 단편

마테테스: 알려 주시오, 이비크라테스여, 당신은 여러 방향을 향하는 선들만으로 모든 사물을 이해하는 자이자, 타로 카드의 상징 중 네 번째 정수인 세 개의 방패를 통해 신의 세 위격을 진실되게 묘사해 준—그중 둘째는 사생아인 까닭에 제외되었고, 넷째는 과학의 나무 위에 새겨진 선과 악의 구분을 드러냈다 하였소.—자이기에 사람들로부터 기하학자라 불리는 터, 청하건대, 사랑에 관한 당신의 생각을 간절히 알고 싶소, 아르메니아의 소프로타토스가 유황색 파피루스에 빨간색으로 적은, 미지이기에 불멸인 파타피지크의 조각들을 해독한 자여. 바라건대 답해 주시오, 내가 당신에게 물으면 당신은 나를 깨우쳐 주리라 믿소.

이비크라테스: 그것만은 적어도 정확한 사실이오, 마테테스여. 그러니 한번 말해 보시오.

마테테스: 무엇보다, 모든 철학자들이 사랑을 존재로 육화하여 우발성의 여러 상징들로 그를 표현하고 있음을 알게 된 터, 이비크라테스여, 이것들의 영원한 의미에 대해 가르쳐 주시오.

이비크라테스: 마테테스여, 그리스의 시인들은 에로스의 머리에 수평의 가는 끈을 둘렀는데, 이는 방패 문장(紋長)의 대각선 띠 또는 가로띠이고, 수학에서 배운 자들이 쓰는 '빼기' 기호라오. 그리고 에로스는 아프로디테의 아들이니, 그가 물려받은 무기란 여성을 과시하는 것이오. 이와 반대로, 이집트에서는 묘석과 오벨리스크를 십자가가 새겨진 지평선에 수직으로 세우는데, 이는 남성에 해당하는 '더하기' 기호요. 이진 부호와 삼진 부호를 둘이 병치하면 글자 H의 모양이 생기니, 이는 시간 또는 삶의 아버지인 크로노스이고, 그로써 인간까지 포함하오. 기하학자에게 이 두 기호는 서로를 상쇄시키거나 잉태시키고, 그 결실만이 존속하여 알이 되거나 영(零)이 되니, 이 둘은 서로와 반대되기에 더더욱 서로와 동일하오. 더하기 기호와 빼기 기호에 대한 논쟁에 관해서는 예수회의 일원이자 폴란드의 옛 왕인 위뷔 신부가 『적그리스도 카이사르』*라는 제목을 지닌 대작을 남겼는데, 반대되는 것들의 동

* César-Antechrist. 자리가 「위뷔 왕」 초연 한 해 전인 1895년에 발표한 희곡으로, 위뷔가 적그리스도로 등장한다.

일성에 대한 실제적 증명을 보여 주는 것은, '물리학 막대기'*라 불리는 기계식 도구를 사용한 이 저작만이 유일하오.

마테테스: 이비크라테스여, 그것이 가능하단 말이오?

이비크라테스: 절대로, 따라서 진실로 그렇소. 아르메니아의 소프로타토스에 따르면 타로 카드의 세 번째 추상 그림은 우리가 클로버라 일컫는 것으로, 이는 새의 두 날개와 꼬리와 머리 등 네 방향을 뻗은 성령일 수도 있고, 거꾸로 뒤집어 보면 배와 날개 한 쌍이 두드러지는 뿔 달린 루시퍼일 수도 있는데 이는 약용 갑오징어—특히, 최소한 그 모양새에서 음각 선, 즉 수평선을 모두 없앴을 때—와 닮았고, 세 번째로는 자비와 사랑의 종교의 상징인 타우** 또는 십자가일 수 있고, 마지막으로 장단단 운각을 따르는 삼중 진실에 해당하는 팔루스일 수도 있소, 마테테스여.

마테테스: 그러하다면 지금 우리의 신전에서, 물론 다소간은 난해한 모습을 띠겠지만, 사랑은 여전히 신이라 할 수 있는 것이오, 이비크라테스여?

이비크라테스: 소프로타토스의 사변형은 스스로를 성찰하면서 자기 반만 한 크기의 또 다른 사변형을 저 자신에 새겼는데, 악은 선의 대칭적이고 필수적인

* bâton à physique. 「위뷔 왕」에서 위뷔가 항상 들고 다니는 막대기.

** Tau. 그리스문자의 자모 중 하나로, 'T'로 표기한다.

반영이니, 그로써 이 두 사변형은 두 관념의 결합이자 숫자 2의 관념이라오. 따라서 제 생각에는, 특정 지점까지만 선이거나 최소한 무관심일 것이오, 마테테스여. 사변형은 양성구유이기에 내적 직감에 따라 신을 낳고, 그 또한 양성구유인 악은 분만을 낳는 것이오….

40장

팡타피지크와 카타쉬미*

II. 또 다른 단편

초월적 신은 삼변형이며, 초월적 영혼은 신들의 계보에 속하므로 또한 마찬가지로 삼변형이다.

내재적 신은 삼면체이며, 내재적 영혼 또한 마찬가지로 삼면체이다.

세 개의 영혼이 존재한다(플라톤 참고**).

인간의 영혼은 독립적이지 않으므로 사면체이다.

따라서 인간은 고체이고, 신은 정신이다.

영혼이 독립적이라면, 인간은 곧 신이다(**도덕학**).

숫자 3에 관한 세 개의 3분의 1간의 대화

인간: 세 위격은 신의 세 영혼이다.

신: 세 영혼은 인간의 세 위격이다.***

존재자들: 인간은 신이다.****

* pantaphysique et catachimie. 이 두 학문에 대해 서술된 바는 없다. 그리스어로 'panta'는 '모든'이란 의미를 지니며, 프랑스어로 'chimie'는 '화학'을 뜻한다.
** 플라톤은 『국가』에서 인간의 영혼을 세 부분—이성, 기개, 욕구—으로 나눈다.
*** DEUS: Tres animae sunt tres personae hominis. 원문에 라틴어로 표기됨.
**** ENS: Homo est Deus. 원문에 라틴어로 표기됨.

41장
신의 면적에 관해서

신은 정의상 길이나 넓이나 부피가 없다. 그러나 이 해설에 보다 명료함을 기하기 위해, 비록 실제로는 차원이 없지만, 우리 동일성의 양 변 속으로 사라지는 차원에 한한다면 영차원보다 큰 차원을 가정해 볼 수 있을 것이다. 여기에서는 이차원에 만족할 것인데, 그래야 한 장의 종이 위에다 평면의 기하학 도형들로 간편하게 그려 볼 수 있기 때문이다.

우리는 상징적으로 신을 삼각형으로 표현하지만, 신의 세 위격을 꼭짓점이나 변으로 여겨서는 안 된다. 삼위는, 전통적인 삼각형에 외접한 또 다른 등변삼각형의 세 높이에 해당한다. 이 가정은 안나 카타리나 에메리히* 의 계시에 부합하는 것으로, 그가 본 십자가(우리는 십자가가 신의 '동사'를 가리키는 '상징'이라고 보아야 할 것이다.)는 Y 모양이었는데, 보통 인간의 팔 길이로는 아무리 뻗어도 타우의 양쪽 가지에 박힌 못에 닿지 못한다는 신체적 근거만으로 그 이유를 설명했다.

이에 따른 **가정**:

더 폭넓은 정보가 주어지기 전까지, 또 가정의 편

* Anna Katharina Emmerick (1774–824). 독일의 로마가톨릭교회 수녀. 몸에 성흔이 나타났고, 예수와 이야기를 나누고 삼위일체의 환시를 보는 등 여러 번 신비적 체험을 했다고 진술했다.

의를 위해, 신은 평면 위에 있다고, 나아가 한 개의 점에서 뻗어 나와 서로와 120도의 각도를 이루고 있는, 길이가 똑같이 a인 직선 세 개로 이루어진 상징적 도형의 형태를 띠고 있다고 상정해 보자. 이 세 직선 사이의 면적, 또는 각 직선의 가장 멀리 있는 점 세 개를 이을 때 생기는 삼각형의 표면적이 바로 우리가 계산하고자 하는 것이다.

세 위격 a 중 하나를 중선으로 연장한 직선을 x라 하고, 그와 직각을 이루는 삼각형의 변을 2y, 직선 a+x를 양방향으로 무한까지 늘린 직선을 각각 N과 P라고 하자.

그렇다면:

$$x = \infty - N - a - P.$$

하지만

$$N = \infty - 0$$

그리고

$$P = 0$$

따라서

$$x = \infty - (\infty - 0) - a - 0 = \infty - \infty + 0 - a - 0$$

$$x = -a$$

한편, 변의 길이가 각각 a, x, y인 직각삼각형에서 우리는 다음을 알 수 있다.

$$a^2 = x^2 + y^2$$

여기에서 x를 그의 값인 (-a)로 대체하면

$$a^2 = (-a)^2 + y^2 = a^2 + y^2$$

따라서

$$y^2 = a^2 - a^2 = 0$$

그리고

$$y = \sqrt{0}$$

그러므로 세 개의 직선 a를 세 각의 이등분선으로 삼는 이등변삼각형의 면적은 아래와 같을 것이다.

$$S = y(x + a) = \sqrt{0}(-a + a)$$

$$S = 0\sqrt{0}$$

따름정리: $\sqrt{0}$라는 근을 볼 때, 일견 우리는 계산된 면적이 아무리 커도 하나의 선이라고 단언할 수도 있다. 하지만 다시 살펴볼 때, x와 y를 위해 얻은 값에 따라 도형을 그려 본다면 아래와 같이 증명할 수 있을 것이다.

$2\sqrt{0}$임을 이제 알게 된 직선 2y는 우리의 처음 가정한 바와 반대 방향에서 직선 a 중 하나와 만나는 교차점을 갖는데, 왜냐하면 $x = -a$이기 때문이다. 또한, 우리 삼각형의 밑변은 그 꼭짓점과 일치한다.

나머지 직선 a 두 개는 앞의 직선 a와 최소한 60 이하의 각도를 이루며, 나아가 앞의 직선 a와 일치할 때에만 $2\sqrt{0}$에 도달할 수 있다.

이는 세 위격이 서로와 등가이며 또한 그 셋의 합과 등가라는 교리에 부합한다.

우리는 따라서 a가 0과 ∞를 잇는 직선이라 말할 수 있으며, 다음과 같이 신을 정의할 수 있다.

정의: 신은 영에서 무한으로 가는 가장 짧은 길이다.

혹자가 어떤 의미에서 그러한지 물을 수 있다.

이에 우리는, 신의 이름이 줘이 아니라 '플러스마이너스'라고 답할 수 있다. 또 다음과 같이 말해야 한다.

±신은 0에서 ∞로 가는 가장 짧은 길이다, 둘 중 어느 방향으로든.

이는 두 원칙에 대한 믿음에 부합한다. 하지만 + 기호는 주체의 믿음을 나타내는 기호로 간주하는 편이 더 합당할 것이다.

그러나 신은 차원이 없기 때문에 선(線)이 아니다.

여기서 짚어야 할 바, 다음과 같은 항등식에 따르면

$$\infty - 0 - a + 0 + a = \infty$$

길이 a는 값이 없고, a는 선이 아니라 점이다.

따라서, **결론:**

신은 영과 무한 간의 접점이다.

파타피지크는 과학이다….

옮긴이의 글

이 소설을 읽기 위한 두 가지 무용한 도구

자리는 이 책 『파타피지크학자 포스트롤 박사의 행적과 사상: 신과학소설』(이하 『포스트롤』)의 각 장들을 자신과 동시대를 살았던 작가, 미술가, 과학자에게 헌정했다.

소설은 3권까지 포스트롤과 일행의 파리 여행기 형식을 취한다. 이에 등장하는 섬들은 그 예술가들의 작품세계를 착실하게, 하지만 언제나처럼 파타피지크하게 묘사한 것이다. 섬마다 서사적으로도 심상적으로도 서로와 연결되지 않는 독특한 생태계를 뽐내는 것은 그런 이유에서다. 이 섬에서 저 섬으로, 저 예술 세계에서 이 예술 세계로 건너가는 동안, 우리는 자리가 쓴 상상적 초상들을 하나씩 넘겨 가며 19세기 말 파리의 상징주의 예술계를 섭렵하게 된다.

어떤 장들은 패스티시를 기초로 한다. 과학자들에게 바쳐진 장들이 특히 그러한데, 이들의 논문 여기저기에서 구절과 요소 들을 추출해 포스트롤의 신묘한 사상과 엮는다. 파타피지크란 무릇 구질구질한 일상적 사실들을 제치고 특별한 예외들만을 고려하는 학문이고, 예외들 간의 공통점을 찾을 만하면 개개가 변신해 손아귀 바깥으로 미끄러져 나가는 비(非)학문이다. 그래서 과학의 눈에는 분명 불합리한 것이겠지만, 그 극단적인 자의 성이 제시하는 자유로운 통찰이 또 있다.

대부분의 헌정은 예술적 경애의 표현으로, 포스트롤이 배에 실을 등가 책과 존재들을 선별했듯, 자리는 살롱의 안팎에서 직접 교우한 예술가들 중 탐닉할 가치가 있는 이들을 추려 냈다. 물론 예술적 진부함을 인신공격으로(또는 그 역으로, 사적인 원한을 작품 모독으로) 능멸해야만 하는 자리의 습성에서 비롯된 악의적인 장들도 있고, 자리의 글을 출간해 준 문예지 편집자들의 경우처럼 생계의 은인에 대한 감사를 담기도 한다. 그러니까 선택과 평가가 순수하게 예술적인 차원에서만 이루어지지는 않고, 자리의 개인적 관계들과 어지럽게 결탁해 있는 것이다.

한국어판 출간에 기해 두 가지를 싣는다. 첫 번째는 이 소설에 언급된 19세기 인물들과 그들의 작품을 소개하면서 자리의 전기적 접점을 짚는 인명사전이다. 그중에는 설명할 필요도 없이 유명한 이들도 있지만, 21세기 한국에까지 작품이 전해질 정도로 역사화되지 않은 이들도 있기에, 한국 독자들을 위한 일종의 안내서가 필요하다고 판단했다. 가이드 없이 배회하듯 읽어도 좋지만, 가이드가 있다면 활자 안팎으로 확장되는 용적률 높은 독서가 가능하지 않을까 기대했다. 자리는 동시대의 새 예술을 열광적으로 추적한 비평가로서도 『포스트롤』을 썼고, 그런 면모를 감안하며 읽을 때 이 소설은 가장 놀라워진다.

두 번째는 확장된 작가 연보다. 다분히 촘촘한 연보를 실은 것은 『포스트롤』이 "자리의 당시 삶의 완전한 재현"*이라는 의견에 동조하기 때문이다. 자리는 물 대신 술을 마셨고, 사교 자리에 권총을 휘두르고 다녔고, 평소에 말할 때도 연극하듯 스스로를 일인칭 복수 "nous(우리)"로 칭했고, 어린 시절 학교 공책에 낙서처럼 쓴 글을 등단 이후 발표한 글과 빠짐없이 매끄럽게 통합시키는 예술적 회로를 고안했다. 고성능 자전거나 전용 활자 제작 등에 보유한 것 이상의 돈을 썼고, 그 탓에 사후에까지 빚 독촉에 시달렸다. 하지만 그로부터 불우함을 느끼는 대신, 전전하는 빈궁한 거처마다 심오한 가호를 붙이고 글쓰기와 낚시로 생계를 이어 가며 죽을 때까지 속물주의를 조롱했다. 삶은 예술과 일치해야 하고, 예술이 삶의 전부가 되어야 한다는 예술관을 자리는 실천한 것인데, 그 비타협적인 삶을 이 책을 읽을 이들과 나누고 싶다. 그것을 권하기 위함이 아니라, 오늘까지도 예술과 예술가들의 어떤 부분은 여전히 이렇게 터무니없을 만큼 비실리적인 것으로 구성되어 있음을 함께 깨닫기 위해서다.

항상 그렇듯이 소설은 연보와 사전이 포섭하지 못하는 부분에서 완성된다. 특히 4권 이후부터 각 장을 헌사받은 인물과 그에 담긴 내용은 연동하길 그치고, 소설

* 알라스테어 브로치(Alastair Brotchie), 『알프레드 자리: 파타피지크한 삶(Alfred Jarry: A Pataphysical Life)』(케임브리지/런던, MIT 출판사[The MIT Press], 2011), 229쪽.

이 실은 우리의 예상과 전혀 다른 지평에 서 있었음이 끊임없이 드러난다. 한편, 때로는 현실의 제약된 삶을 소설이 의외의 방식으로 보충해 줄 수도 있는데, 어쩌면 파타피지크한 삶을 살고자 한 자리의 경우에는 더욱 그랬을지도 모르겠다. 63세로 태어나 63세에 자살한 포스트롤은 결국 조금도 살지 않았고 그래서 죽지도 않았을 수 있지만, 그 죽음이라는 것도 1센티미터 길이의 자 하나만 있으면 탈피할 수 있는 것이다. 이렇게 악랄하게 순진하고, 실없이 진지한 농담의 편에서 조망할 때, 현실의 죽음과 삶은 소설에게서 아무것도 빼앗아 가지 못한다. 파타피지크가 과학인 세계에서 "우리는 그저 신과 연옥의 창자 속 말썽에 불과하기 때문에, 신이 방귀를 뀌면, 당신이 본 바와 같이, 모든 것이 해결되고 모든 것이 다시 질서를 되찾을 것이다".*

* 장 보드리야르(Jean Baudrillard), 『파타피지크(Pataphysique)』(파리, 상스 에 통카[Sens et Tonka], 2002), 15쪽.

부록
인명사전

타데 나탕송 (Thadée Natanson, 1868-951)

폴란드계 유대인 은행가 집안의 나탕송 형제는 1889년에 문예 잡지 『라 르뷔 블랑슈』를 창간했다. 이후 5년 동안 이 잡지는 『메르퀴르 드 프랑스』와 라이벌 구도를 이루며 당시 프랑스 아방가르드 문학과 미술을 이끄는 구심점 역할을 했다. 3형제 중 실질적으로 잡지를 이끈 이는 타데 나탕송이었다. 변호사이자 문예비평가였으며, 옥타브 미르보(Octave Mirbeau)와 협업해 3막짜리 희곡을 쓰기도 했다. 에두아르 뷔야르(Edouard Vuillard), 펠릭스 발로통(Felix Vallotton), 피에르 보나르 등이 그린 나탕송의 초상화가 여럿 남아 있다.

1899년 자리는 나탕송에게 『포스트롤』의 미발표 원고를 보내면서 출판할 의사가 있는지 물었지만, 제안은 받아들여지지 않았다. 그 이후로도 나탕송은 여러 번 자리의 글을 출간 보류했다. 그럼에도 불구하고 둘은 좋은 관계를 유지했고, 나탕송은 1896년부터 『라 르뷔 블랑슈』에 정기적으로 자리의 글을 실어 주었다. 이 원고료는 자리의 중요한 수입원이었다. 그래서 나탕송의 경제적 여건이 나빠지고 1903년 잡지가 폐간하자, 자리의 여건도 덩달아 위기에 빠졌다. 자리가 말년에 병세가 악화되었을 때 나탕송은 여러 번 금전적으로 지원했다.

▷ 2권 「파타피지크의 기초」

크리스티앙 베크(Christian Beck, 1879-916)

벨기에 출신의 작가로, 조제프 보시(Joseph Bossi), 트롤(Troll), 뚱뚱한 난쟁이(Le Nain gras) 등 여러 필명으로 글을 발표했다. 10대이던 1896년 파리로 와 파리 예술계 인사들과 친교를 맺었는데, 그중 앙드레 지드(André Gide)와는 죽기 전까지 편지를 주고받았다. 지드의 소설 『위폐범들(Les Faux-Monnayeurs)』에 등장하는 뤼시앵 베르카이는 베크를 모델로 삼았다고 알려져 있다.

자리와는 다소 고약한 인연이 있다. 1896년 자리는 판화 잡지 『페르앵데리옹(Perhindérion)』을 야심 차게 창간했다가 큰 적자로 사실상 폐간한 상태였는데, 베크는 자리와 충분히 상의하지 않고 이 잡지를 인수해 새 잡지를 만들겠다며 투자자들을 모으고 다녔다. 그 전까지 비교적 친한 사이였음에도 이를 기점으로 둘의 관계는 급속도로 틀어진다. 급기야 1897년 3월의 한 화요일, 메르퀴르 문인들 20여 명이 모여 식사를 하던 와중에 자리가 베크를 향해 총을 발사한다. 다행히 공포탄이 장전되어 있어 사상자는 없었지만, 큰 혼란이 일었고 자리의 기행을 대표하는 일화로 회자되었다.

베크는 말이 더디고 "음, 음" 하고 더듬었다고 전해진다.

▷ 2권 10장 「인간의 말이라고는 "아 아"밖에 모르는 개코원숭이 보스드나주에 관해서」

알프레드 발레트(Alfred Vallette, 1858-935)

문학지 『메르퀴르 드 프랑스』를 1890년 재발기한 이후 평생 이 비평지의 편집장을 맡으며 동명의 출판사를 운영했다. 소설가 라실드의 남편으로, 부부는 당시 파리에서 가장 영향력 있는 문예 살롱을 매주 화요일마다 주최했다. 이들이 이끈 메르퀴르 드 프랑스는 수많은 상징주의 문학의 산실이었고, 자리의 『적그리스도 카이사르』(1895)와 『위뷔 왕』(1896) 등 총 네 편의 작품 역시 이곳에서 출간되었다.

발레트와 라실드는 자리에게 문학적 동료 이상의 친구였고, 때로는 유사 가족에 가까웠다. 1898년, 코르베이의 별장 팔랑스테르(Phalanstère)를 공유하면서 발레트와 자리는 뱃놀이와 낚시를 함께 즐겼는데, 부부의 딸인 가브리엘 발레트(Gabrielle Vallette)가 이때 찍은 사진 속 자리는 평소의 작위적인 태도 없이 자연스러워 보인다. 자리가 죽기 전, 위독한 상태로 집에 쓰러져 있음을 발견한 이도 발레트였다.

자리는 본래 『포스트롤』을 메르퀴르 드 프랑스 출판사에서 출간하고 싶어 했다. 하지만 마침 자리와 발레트의 관계가 다소 껄끄러울 때였고, 초고를 검토한 발레트는 글이 너무 모호해 읽히지 않는다고 여겨 거절했다.

▷ 3권 「바다를 건너 파리에서 파리로,
또는 벨기에의 로빈슨」

루이 리보드(Louis Libaude, 1869-922)
또는 루이 로르멜(Louis Lormel)

공무원, 말 감정사. 루이 로르멜이라는 필명으로 작가로 활동했고, 1905년부터는 미술 작품을 거래했다.

로르멜은 한때 네 쪽짜리 문학지 『라르 리테레르(L'Art littéraire)』의 편집자였는데, 1893년 12월 호부터 자리와 레옹폴 파르그를 편집진으로 영입했다. 하지만 협업은 1년도 채 가지 못했고 로르멜에게 악감정을 남긴 것 같다. 당시 경험을 바탕으로 하는 단편 「비슷한 자들끼리(Entre soi)」(1897)에서 로르멜은 자리와 파르그의 연인 관계를 악의적으로 시사한다. "그들 사이에는 암묵적이지만 실제적인 협력이 존재했다. 안드로진[파르그]이 주는 영감을 토대로 죽음의 머리[자리]는 글을 썼다." 『포스트롤』의 12장은 이에 대한 자리의 화답일 것이다.

로르멜은 1898년 봄에 쓰인 『포스트롤』의 첫 번째 수사본을 1907년에 구입했다. 말년에 심각한 경제적 어려움에 처해 있던 자리는 파리의 서적상에게 수중에 남은 수사본을 몇 개 넘겼는데, 로르멜이 이를 즉시 사들인 것이다. 그 이후로 둘은 오랜 앙금을 풀었다고 한다. 이 로르멜 수사본은 위뷔 판화가 찍힌 종이를 4분의 1로 잘라서 그 뒷면에 글을 쓴 형태다.

▷ 3권 12장 「똥가득바다, 후각 등대, 그리고 저희가 술을 마시지 않았던 분변섬에 관해서」

오브리 비어즐리(Aubrey Beardsley, 1872–98)

그로테스크한 유미주의를 뽐내는 드로잉 작업으로 잘 알려진 영국의 삽화가다. 여러 책과 잡지의 삽화, 포스터, 정치 풍자화 등을 그렸으며, 삽화가 딸린 문예 계간지인 『더 옐로 북(The Yellow Book)』의 첫 아트 디렉터로 활동하기도 했다. 오랜 기간 결핵을 앓았고, 스물다섯 살의 젊은 나이로 세상을 떴다.

1897년, 이미 계단을 오르지 못할 정도로 건강이 좋지 않았지만 비어즐리는 시인이자 동성애 연구자였던 마크앙드레 라팔로비치(Marc-André Raffalovich)의 후원으로 파리에 방문한다. 이때 자리를 비롯한 메르퀴르 식구들과 만났는데, 누나에게 쓴 편지에서 비어즐리는 이 모임에 대해 "라실드와 그 동네의 머리 긴 괴물들"과 함께 점심을 먹었다고 묘사한다.

▷ 3권 13장 「레이스의 나라에 관해서」

에밀 베르나르(Émile Bernard, 1868–941)

1880년대 말 브르타뉴 지방의 퐁타방에 거주하며 그림을 그린 소위 퐁타방파(派) 화가 중 하나다. 베르나르는 1888년부터 폴 고갱과 가까이 교류하면서 종합주의(synthétisme)를 함께 개발해 나갔으나, 고갱이 성과를 독식한다고 여겨 몇 년 지나지 않아 사이가 틀어진다. 1893년 파리를 떠나 6년 동안 이집트에 거주하는 등 오랜 기간 여행한 뒤, 작품의 방향을 완전히 선회해 고전주의적 회화에 전념했다. 빈센트 반 고흐의 말년에 가까운 동료 중 하나였다.

자리는 1894년의 『리마지에르(L'Ymagier)』 1호에 베르나르의 판화를 실었고, 1896년 발행된 『페르앵데리옹』 두 번째 호에 기해서는 베르나르에게 신작 판화를 한정판으로 의뢰해 에디션당 1프랑에 판매했다. 하지만 이 협업 기간 동안 자리와 베르나르가 실제로 만났을 가능성은 적고, 베르나르에 대한 자리의 관심은 순수하게 그의 작품에서 기인한 것으로 보인다.

퐁타방에서 베르나르는 흰 모자와 숄, 앞치마 등 전통 의상 차림의 브르타뉴 여성들의 모습을 다수 그렸는데, 『포스트롤』 14장에 묘사된 풍경은 이 그림들을 직접적으로 연상시킨다.

▷ 3권 14장 「사랑의 숲에 관해서」

레옹 블루아(Léon Bloy, 1846-917)

작가이자 비평가, 정치 풍자가. 또한 고통주의(dolorisme), 신비주의적 체험, 종말론적 재앙 등의 종교적 관점과 반합리주의, 반민주주의, 반유대주의 등의 정치적 관점을 겸비한 반동적 가톨릭교도였다. 이는 블루아의 자전적 소설인 『절망한 자』(1887)에서 주인공 카앵 마르슈누아르가 자신의 깨달음을 서술하는 아래와 같은 구절에서도 찾아볼 수 있다.

> "지상의 모든 것은 고통의 명령을 받는다. 하지만 이 고통은 마지막이면서, 또한 시작이다. 고통은 목표일 뿐 아니라 신비한 성서의 논리 그 자체로, 그 안에 있는 신의 의지를 읽어내야 한다. (…) 가시만이 돋아나는 이 저주받은 세계의 추락한 인류를 위해, 지난 60세기 동안 진보라는 가증스럽고 하찮은 것을 이뤘고, 그 끊임없는 부흥 속에서 재앙의 징조가 반복된다. 이 재앙이 모든 것을 설명할 것이고, 종말의 종말에 모든 것을 완수할 것이다."

극단적이고 비타협적인 성격, 개인에 대한 거침없는 공격과 비난으로 문학계의 많은 사람들과 인연을 끊었고, 오랜 기간 빈곤과 고립을 자처하며 살았다. 포스트롤의 등가 책에 작품이 속해 있으면서 소설의 일부를 헌사받은 여섯 명의 인물 중 하나다.

▷ 3권 15장 「거대한 검정 대리석 층계에 관해서」

프랑노앵(Franc-Nohain, 1872–934)

또는 모리스 에티엔느 르그랑(Maurice Étienne Legrand)

변호사로 잠시 일하다가 시인으로 등단했다. 날카로운 유머 감각과 경쾌함이 돋보이는 시와 소설, 희곡, 가극 각본을 썼다. 자리는 프랑노앵의 작품 리뷰를 여러 번 썼는데, 그중 『라 르뷔 블랑슈』 1903년 2월 호에 기고한 글에서 이렇게 평가한다. "프랑노앵의 희곡은 가장 정신 나간 상황을 가장 제정신인 연극 법칙에 따라 정돈한다. 이렇게 방법론이 확고하기 때문에 예외 없이 웃음이 터져 나올 수 있는 것이다."

프랑노앵은 자리, 테라스, 보나르, 에롤 등과 함께 인형극 극장 테아트르 데 팡탱의 주요 멤버 중 하나였다. 마리오네트를 조종할 줄 알아서, 극을 쓰는 것에 더해 자리와 함께 무대 위 인형들을 부리는 역할을 맡았다. 1898년 테아트르 데 팡탱에서 자신의 희곡 「프랑스 만세!(Vive la France!)」를 초연할 계획이었으나, 드레퓌스 사건이 급격하게 진행되고 국가 검열이 심해지면서 결국 무대에 올리지 못했다.

언론인으로도 활동했다. 1903년에는 주간지 『카나르 소바주(Le Canard sauvage)』의 편집자로 일하면서 자리에게 정기적으로 글을 의뢰했다.

▷ 3권 16장 「무정형 섬에 관해서」

폴 고갱(Paul Gauguin, 1848-903)

1894년 퐁타방에 여행을 간 자리는 첫 타히티 여행에서 돌아온 고갱과 만나 같은 숙소에 머물며 친분을 쌓았다. 감화를 받은 자리는 퐁타방을 떠나며 호텔 방명록에 세 편의 시를 남겼는데, 고갱의 그림 「마리아를 경배하며(Ia Orana Maria)」(1891), 「도끼를 든 남자(L'Homme à la hache)」(1891), 「죽음의 정령이 지켜본다(Manao Tupapau)」(1892)에 바친 동명의 시들이다. 이후 자리와 레미 드 구르몽(Rémy de Gourmont)이 함께 편집한 판화 잡지 『리마지에르』의 1894년 창간호에 고갱의 신작 판화가, 이듬해 1월의 2호에는 아래와 같은 짧은 글이 실렸다.

> "고갱의 아름다운 새 목판화를 보고 타히티 습작들을 다시 보면, 고전적이면서 동시에 야만하고, 의도적이면서 또한 격정적이다."

▷ 3권 17장 「향기로운 섬에 관해서」

귀스타브 칸(Gustave Kahn, 1859-936)

정통적인 정형시에 반하여 자유시를 선언하고 장려한 시인이다. 이러한 문학관을 토대로 1880년대에 주간 문예 책자 『라 보그(La Vogue)』의 편집자로 활동했는데, 이 간행물은 랭보의 『일뤼미나시옹』을 비롯해 베를렌, 말라르메, 라포르그 등 당대 상징주의 작가들의 글이 세상에 나오는 통로가 되었다.

포스트롤의 등가 책에 포함된 칸의 『금과 침묵 이야기』(1898)는 상징주의적 상상력으로 성배 이야기를 다시 쓴 소설이다. 자리는 『포스트롤』을 집필하던 중 칸의 자유시를 모은 시집 『이미지의 책(Le Livre d'images)』(1897)으로 선택을 바꾸기도 했으나, 최종적으로는 『금과 침묵 이야기』에 정착했다.

자리는 1896년, 벨기에와 네덜란드의 국경 지대에 있는 칸 부부의 별장으로 초대된다. 자리의 첫 해외여행이다. 하지만 자리가 「위뷔 왕」의 대사를 읊던 중 지나치게 심취해 일행에게 '위뷔 화법(le parler Ubu)'을 퍼부었고, 마음이 상한 칸의 아내에게 거의 쫓겨나다시피 해 파리로 일찍 돌아왔다는 기록이 남아 있다.

▷ 3권 18장 「정크선이기도 한 떠도는 성에 관해서」

스테판 말라르메(Stéphane Mallarmé, 1842–98)

생전부터 상징주의의 선도자로 존경받았던 말라르메는 1880년대부터 화요일마다 집에서 살롱 모임을 열었다. 같은 날 더 이른 시간에 열리는 『메르퀴르 드 프랑스』의 살롱과 함께, 당시 파리의 대표적인 살롱이었다. 이때 말라르메는 보통 흔들의자에 앉아 담배를 피우며 이야기했고, 어깨에 체크무늬 숄을 두른 모습이었다고 전해진다. 자리는 20대 초반부터 이 살롱에 출입했다.

1898년 갑자기 세상을 떠났다. 장례식은 파리 동남쪽의 사모로에서 열렸는데, 당시 코르베이에 살고 있던 자리는 40킬로미터 넘는 거리를 자전거로 달려왔다. 타데 나탕송의 회고에 따르면, 자리는 여름용 운동복 차림에, 사모로까지 오는 동안 누더기가 된 신발 대신 라실드의 노란색 여성용 자전거화를 빌려 신은 우스꽝스러운 행색이었지만, 누구보다 처참한 표정이었다고 한다. 말라르메의 사망 후, 자리는 『포스트롤』의 19장에 주석을 추가한 것 외에도, 1899년의 『위뷔 아범의 삽화 연감』에 책의 다른 수록 글과 완전히 상반되는 분위기의 엄숙한 추도문을 실었다.

▷ 3권 19장 「프틱스 섬에 관해서」

앙리 드 레니에(Henri de Régnier, 1864–936)

시인이자 소설가로, 상징주의와 고답주의(Le Parnasse)의 선상에 있는 작품을 썼다. 말라르메의 화요일 모임을 일찍부터 드나들면서 말라르메를 스승으로 여겼다. 자유시를 쓸 때에도 고전주의 전통을 중시하는 편이었으며 고상한 이미지들을 풍성하게 활용했다. 포스트롤의 등가 책 중 하나인 『벽옥 지팡이』(1897)의 서두에서 레니에는 자신의 책을 이렇게 소개한다.

> "여기에는 칼과 거울, 보석과 드레스, 크리스털 잔과 등잔이 있고, 때로는 먼 곳에서 들려오는 바다의 중얼거림과 숲의 한숨 소리가 있다. 분수의 노랫소리를 들어 보라. 분수는 간헐적이거나 연속적이고, 그로 인해 생기를 띠는 정원은 대칭적이다. 이곳의 동상은 대리석이나 청동으로 만들어졌고, 잘 다듬은 주목이 있다. (…) 이곳에서는 사랑과 죽음이 입을 맞춘다. 물은 녹음을 비춘다."

레니에는 아주 까다롭고 꼿꼿한 성격이었던 것으로 전해진다. 그런 이유로 자리와는 사적으로 가깝지 않았지만 동료로서의 관계를 꾸준히 유지했다. 레니에는 「위뷔 왕」의 초연을 본 뒤, 로마의 폐허나 음침한 감옥을 환상적으로 그린 판화로 잘 알려진 이탈리아의 작가 조반니 바티스타 피라네시(Giovanni Battista Piranesi)에 위뷔를 비유해 "소변기계(界)의 피라네시"라고 표현했다.

▷ 3권 20장 「헤르 섬, 키클롭스,
그리고 수정으로 된 커다란 백조에 관해서」

마르셀 슈오브(Marcel Schwob, 1867-905)

작가, 번역자, 언어학자, 편집자, 문학 연구자. 역사와 신화에 대한 박학한 지식에 기반하여 환상적이거나 음험한 단편을 주로 많이 썼다. 언어학 중에는 특히 속어에 매료되어 19세기 도축업계의 속어를 연구했고, 중세 시인 프랑수아 비용(François Villon) 연구자로 사회과학 고등연구원에서 가르치기도 했다.

슈오브의 『상상의 삶』(1896)은 역사 속 스물두 명의 전기를 쓴 단편집이다. 여기에서 슈오브는 선인과 악인, 위인과 범인의 구분 없이 인물을 선정하고 역사적 사실과 허구를 경계 없이 섞는데, 책의 서문에서 그 이유를 이렇게 밝힌다. "예술은 일반적인 개념의 반대편에 있으며, 오직 개별자만을 묘사하며 유일함만을 욕망한다. 예술은 분류를 만드는 것이 아니라 흐트러뜨린다." 자리는 이러한 슈오브의 글을 학창 시절부터 탐독했다. 슈오브가 카튈 망데스(Catulle Mendès)와 함께 지휘한 『에코 드 파리(L'Echo de Paris)』를 통해 1893년 등단한 이후로, 자리는 1905년 슈오브가 세상을 뜰 때까지 그와 가깝게 지냈다.

「위뷔 왕」의 발표를 망설이던 자리는 1896년 초고를 가져가 병상에 누워 있는 슈오브 옆에서 극을 공연했다. 슈오브는 장 통증으로 힘들어 하고 있었음에도 눈물까지 흘리며 웃었다고 한다. 이후 자리는 글을 정비해 발표했고, 작품을 슈오브에게 헌사했다.

▷ 3권 21장 「시릴 섬」

로랑 타야드(Laurent Tailhade, 1854–919)

작가이자 정치 논객으로, 과격한 무정부주의자였다. 비속어와 유머가 가득한 풍자시, 신문 사설, 강연, 연설 등을 통해 부르주아에 대한 혐오와 테러의 정당성을 정력적으로 설파했다. 1880년대 초 파리에서 빈번하던 아나키스트의 테러를 옹호하며 "행위 그 자체가 아름답다면, 그로 인해 인간 몇이 희미해진다 한들 무슨 상관이겠습니까?"라고 주장했다는 일화가 유명하다. 한편 레미 드 구르몽은 비평집 『가면의 책(Le Livre des masques)』(1896)에서 타야드의 풍자시를 다루면서 "위선과 탐욕, 가짜 영광과 진짜 비열함, 돈과 성공(…)을 처단하는 거만한 사형집행인의 면모가 드러난다"고 평하기도 했다.

타야드는 1893년, 테아트르 드 뢰브르에서 입센의 「민중의 적(En Folkefiende)」(1882)을 공연할 때, 공연에 앞서 극을 소개하는 강연을 맡았다. 여기서 타야드는 극중 인물인 스토크만의 형을 빌려 부르주아의 비겁함과 멍청함을 거침없이 비난했다. 분노한 관객들이 야유를 퍼붓고 과일을 던졌지만, 타야드는 반발에 전혀 굴하지 않고 냉정을 유지했다고 한다. 자리 역시 그 현장에 있었고, 『포스트롤』의 22장에서 거랑말코를 처단하는 엄숙한 사제 왕 요한은 이런 타야드에게 바치는 일종의 헌사일 것이다. 자리는 현실 정치에 큰 관심이 없었지만 타야드를 비롯한 무정부주의 활동가들과 오랫동안 친밀하게 지냈다.

▷ 3권 22장 「거랑말코무화과의 웅장한 성당에 관해서」

클로드 테라스(Claude Terrasse, 1867-923)

작곡가이자 오르간 연주자였던 테라스는 아내의 오빠인 화가 피에르 보나르를 통해 당시 파리 문예계와 활발히 교류했다. 1896년 「위뷔 왕」을 위한 곡을 만들면서 음악극 작곡에 본격적으로 발을 들였고, 이후 노래, 대사, 춤 등이 함께 어우러지는 가볍고 대개 상업적인 오페레타 분야에서 크게 성공했다.

「위뷔 왕」부터 자리와 오랜 기간 예술적 동료로 지냈다. 1897년 겨울부터 자리와 협심해 인형극 전용 극장인 테아트르 데 팡탱을 기획하여, 이듬해 몽마르트르 남쪽에서 약 100석짜리 극장을 열었다. 여기에서 「위뷔 왕」을 마리오네트로 공연하기도 했다. 테라스는 활력과 사기가 넘치는 인물로 테아트르 데 팡탱의 성공적인 운영에 중요한 역할을 했다.

하지만 자리와의 관계가 항상 순탄했던 것은 아니다. 둘은 1898년, 라블레의 작품을 인형극으로 개작한 「팡타그뤼엘(Pantagruel)」을 야심 차게 계획했는데, 거의 10년간 집필과 수정과 연기를 지리멸렬하게 거듭하다 끝까지 완성하지 못했다. 뿐만 아니라 그 과정에서 금전적인 갈등과 예술관의 충돌이 빈번해져, 한때 서로 말도 나누지 않을 정도로 멀어지기도 했다.

▷ 3권 23장 「울리는 섬에 관해서」

라실드(Rachilde, 1860–953) 또는 장 드 실라(Jean de Chilra) 또는 마르게리트 발레트에메리(Marguerite Vallette-Eymery)

상징주의와 데카당문학에 기여한 작가다. 성과 폭력의 관습을 위반하는 작품을 특히 많이 썼는데, 그중 두 번째 소설 『비너스 선생(Monsieur Vénus)』(1884)은 성적 욕망, 성전환, 사도마조히즘, 시간(屍姦) 등을 노골적으로 담아 출간 당시 화제와 논란을 불렀다. 머리를 짧게 자르고 남장을 하거나 남성 이름을 필명으로 쓰는 등 이례적인 행동으로 많이 알려져 있다. 1880년대 초반부터 파리의 자기 아파트에서 매주 화요일마다 살롱을 주최했는데, 이후 발레트와 만나면서 『메르퀴르 드 프랑스』의 사무실로 그 장소를 옮겨 열었다.

자리는 서슴없이 여성 혐오 발언을 했고 라실드는 음주와 키 작은 남자에 대한 불쾌함을 공공연히 표현했음에도, 둘은 가까운 친구로 각별하면서도 복잡한 관계를 평생 이어 갔다. 라실드에게 선물한 백랍 접시에 자리는 위뷔 왕의 그림을 그린 뒤 이렇게 새겼다. “귀여운 비너스 선생, 이 부르주아 사회에서 당신은 항상 맨발로 걸을 것입니다.” 이후 라실드는 그 위에 “내게는 영광과 종이가 있으니, 나는 더 이상 걸을 필요가 없습니다.”라고 썼다.

1927년, 자리에 대한 회고록 『알프레드 자리 혹은 초남성 문학가(Alfred Jarry ou le surmâle de lettres)』를 발표했다. 자리의 다양한 일화를 담으며 대중적 관심을 가져왔지만, 왜곡된 사실이 많고 자리에 대한 이해가 평면적이라는 비판을 받았다.

▷ 3권 24장 「신비한 그림자,
그리고 죽음을 기다리는 왕에 관해서」

폴 발레리(Paul Valéry, 1871–945)

주지주의와 순수시를 대표하는 작가로 남은 오늘날의 발레리를 생각하면 의외일 수도 있지만, 메르퀴르 동인과 어울리던 1890년대의 발레리는 자리와 꽤 친밀했다. 자리는 발레리에게 자신의 책을 줄 때 종종 "파타피지크학자 발레리에게, (…) 친구 알프레드 자리가"라고 앞에 적기도 했다. 발레리는 테스트 씨가 자신의 정신을 탐색하는 내용의 단편집을 썼는데, 이 주인공을 포스트롤에 비유하며 "포스트롤 박사의 일생을 쓰고 있다"고 1899년 피에르 루이스(Pierre Louÿs)에게 쓴 편지에서 말하기도 한다.

▷ 4권 25장 「땅의 밀썰물과
바다 주교 망송제르에 관해서」

피에르 키야르(Pierre Quillard, 1864-912)

메르퀴르 동인으로 활동한 상징주의 작가로, 테아트르 다르에서 공연된 키야르의 첫 희곡 『두 손이 잘린 소녀(La Fille aux mains coupées)』(1891)는 실험성과 작품성 모두 높게 평가받기도 했다. 또한 고전학과 그리스어에도 일가견이 있어 이암블리코스와 테오크리토스 등의 저서를 프랑스어로 번역했다.

키야르는 무정부주의자로 정치 활동에 열렬히 임했다. 1890년대에는 콘스탄티노플에서 가르치면서, 아르메니아 작가 아르샤그 쇼바니안(Arshag Chobanian)과 함께 오스만제국의 술탄인 압뒬하미트(Abdülhamit) 2세의 아르메니아인 학살에 저항하며 비판 글을 썼다. 드레퓌스 사건 때도 드레퓌스의 무죄를 목소리 높여 주장했고, 이를 계기로 세워진 인권 연맹(Ligue des droits de l'homme)의 첫 번째 서기장을 맡았다.

자리, 발레트, 라실드, 에롤 등과 함께 코르베이의 별장 팔랑스테르의 일원으로 지내면서 자리와 각별해졌다. 둘은 낚시와 뱃놀이를 즐기기도 했지만 무엇보다 서로의 술 동무였다. 키야르가 소장한 자리의 『절대적 사랑』 속표지에는 이렇게 쓰여 있다. "피에르 키야르에게, 마실 술을 얻기 위해 가장 비굴한 방식으로 팖."

▷ 4권 26장 「마십시다」

피에르 로티(Pierre Loti, 1850-923)

또는 루이 마리쥘리앙 비오(Louis Marie-Julien Viaud)

해군 생활을 하면서 터키, 타히티, 베트남, 알제리, 세네갈, 일본, 이집트 등 세계 각지를 여행하며 이 경험을 바탕으로 한 자전적 소설을 다수 썼다. 1881년부터 피에르 로티라는 필명을 쓰기 시작했다. 로티의 소설은 이국에서의 모험과 사랑을 유려하게 풀어내며 대중적인 인기를 얻었는데, 특히 프랑스 해군과 일본 게이샤와의 결혼을 다룬 『국화 부인(Madame Chrysanthème)』(1888)은 발간 후 5년간 25쇄까지 찍을 정도로 널리 읽혔다. 1891년에는 에밀 졸라(Émile Zola)를 제치고 아카데미프랑세즈 회원으로 선출되었다.

로티는 동시대 파리의 아방가르드 작가들로부터는 통속 작가로 여겨져 공공연한 풍자 대상이 되기도 했다. 로랑 타야드는 『아리스토파네스 풍(風)의 시(Poèmes aristophanesques)』(1904)에서 거의 열 편의 시에 걸쳐 집요하게 로티를 조롱한다. 『포스트롤』의 17장, 30장, 31장에 걸쳐 수모를 준 자리는 이에서 그치지 않고 『위뷔 아범의 삽화 연감』(1899)에서 로티를 "발끈하는 자"라고 칭한다.

▷ 5권 30장 「수천 가지 것들에 관해서」

피에르 보나르(Pierre Bonnard, 1867-947)

회화, 삽화, 판화, 장식미술, 조각 등을 섭렵한 나비파 미술가. 『메르퀴르 드 프랑스』와 『라 르뷔 블랑슈』 양쪽의 동인들과 폭넓게 지내면서 극장 로고, 잡지 표지, 책 삽화, 공연 포스터, 신간 광고 등에 무수히 기여했다.

『리마지에르』의 기획에서도 알 수 있듯 나비파를 전폭적으로 지지했던 자리와 여러 번 협업했다. 「위뷔 왕」 초연 당시 무대를 디자인하고, 테아트르 데 팡탱에서 자리와 함께 마리오네트를 만들고 무대미술을 맡았으며, 이후 발간된 『팡탱의 레퍼토리(Répertoire des pantins)』 악보의 표지 그림을 그렸다. 『위뷔 아범의 삽화 연감』에 등장하는 위뷔의 초상 역시 보나르의 작품이다.

『포스트롤』의 32장은 첫 번째 수사본에서 또한 나비파 화가인 폴 세뤼지에(Paul Sérusier)에게 헌사되었다가, 이후 보나르로 수정되었다.

▷ 5권 32장 「어떻게 화폭을 입수했는지에 관해서」

폴 포르(Paul Fort, 1872-960)

고등학교 시절부터 연극계에서 활동했다. 열여덟 살이었던 1890년, 자연주의 연극에 맞서고 상징주의 연극을 장려하는 극장 테아트르 다르를 설립한다. 예술인들의 애호에도 불구하고 운영 능력 부족과 재정난으로 어려움을 겪었고, 전문 경력이 있는 뤼네포(Lugné-Poe)에게 극장을 넘기게 된다. 뤼네포는 1893년 테아트르 드 뢰브르로 극장 이름을 바꿨는데, 이는 「위뷔 왕」이 초연된 장소이자 자리가 짧게나마 직장 생활을 했던 곳이다. 그러나 이후 뤼네포는 극장의 상징주의 업적을 부인하고 자연주의 전통으로 편입시키려는 발언을 해, 포르와 자리를 비롯한 메르퀴르 동인에게 공개적으로 비난받았다.

이후 포르는 시에 전념하여 1896년부터 민속 풍습과 자연에 대한 영감을 바탕으로 한 『프랑스 발라드(Ballades françaises)』 시리즈를 쓰기 시작했다. 1960년 세상을 뜰 때까지, 일기를 쓰듯 작업을 꾸준히 이어 가며 수십 권의 시집을 냈다. 1905년, 폴 발레리와 함께 계간 문학지 『베르 에 프로즈(Vers et prose)』를 창간하고 아폴리네르, 피카소 등이 드나든 영향력 있는 살롱 모임을 주최하기도 했다.

▷ 6권 34장 「클리나멘」

펠릭스 페네옹(Félix Fénéon, 1861-944)

열아홉 살 때부터 13년간 전쟁부의 직원으로 근속하면서 무정부주의자로서의 정치 활동을 몰래 병행했다. 1894년, 무정부주의자 30명이 공모 죄로 단체 기소당한 사건에 연루되었는데, 법정 신문에 재치 있는 임기응변으로 대응해 화제가 되었다. 무죄 석방된 후부터 『라 르뷔 블랑슈』의 편집자로 직업을 바꿨다.

페네옹은 명석함과 감식안으로 당대 문학계와 미술계에 큰 영향력을 행사했다. 랭보의 『일뤼미나시옹』과 말라르메의 『디바가시옹(Divagation)』 발표를 견인했고, 쇠라 등의 후기인상파를 한발 먼저 알아보고 그들의 활동을 지원했다. 『라 르뷔 블랑슈』 이후 일간지 『르 마탱(Le Matin)』과 『르 피가로(Le Figaro)』에서 일하다가, 1906년부터 약 20년간 파리의 한 인상파 갤러리 디렉터로 활동했다. 전면에 나서기보다 막후에서 활동하기를 선호해, 글을 써도 대개는 익명으로 기고하고 대중 노출을 꺼렸다. 페네옹의 이름으로 발표된 책은 단 한 권으로, 모네, 르누아르, 고갱, 드가, 피사로 등 인상파 화가들을 비평한 40쪽 남짓의 소책자이다.

자리가 어려움에 빠졌을 때 꾸준히 도움을 주었다. 『라 르뷔 블랑슈』에 고정 칼럼을 마련해 주는 한편, 잡지사에 필자로 추천하고 『교황의 겨자 제조인』 구독자 섭외에 앞장섰다. 또 불랑제르(Boulenger) 형제와의 결투에 휘말려 곤경에 처한 자리를 기지로 구해 주기도 했다.

▷ 7권 36장 「선(線)에 관해서」

루이 뒤뮈르(Louis Dumur, 1864–933)

스위스 제네바 출신의 뒤뮈르는 가족의 반대를 무릅쓰고 스무 살이 되던 1882년 파리로 유학을 갔다. 문예지 『라 플레이아드(La Pléiade)』의 창간 멤버로 있다가, 이듬해인 1889년 발레트의 제안으로 『메르퀴르 드 프랑스』 편집진으로 초기부터 합류했다. 뒤뮈르는 이후 40년 동안 잡지에 헌신했다.

레미 드 구르몽이 『가면의 책』(1896)에서 묘사한 바에 따르면, 진지하고 체계적이었던 뒤미르는 "시인의 무리 중에서 논리를 대변"하는 역할을 했다. 당연하게도 자리와는 특별히 친밀하지는 않았지만, 뒤뮈르는 「위뷔 왕」 초연 후 『메르퀴르 드 프랑스』 1896년 9월 호에 길고 명료한 리뷰를 남겼고, 이것이 자리에게 큰 인상을 남긴 듯하다. 아래는 그 리뷰의 일부다.

> "위뷔는 인간이라는 동물 안에 도사리고 있는 끔찍하고 비겁하고 경멸스럽고 역겨운 모든 것을 하나의 캐리커처로 요약한다. 잔혹한 먹보, 이기적이고 허영심 많은 마스토돈, 멍청함으로 부풀고 건방짐으로 속이 꽉 찬 자만한 돼지(…)로, 위뷔는 역사에 보편적으로 나타나는 배[腹]의 영예와 거랑말코의 위용을 경이롭게 보여 주는 상징이다."

▷ 8권 「에테르니테」

알프레드 자리 연보

1873년 — 9월 8일, 프랑스 브르타뉴 반도 경계에서 20킬로미터가량 떨어진 라발에서, 상인 앙셀름 자리(Anselme Jarry)와 카롤린느 자리(Caroline Jarry)의 아들로 태어난다.

1874년 — 6월, 세례를 받는다.

1878년 — 5월, 라발에서 프티 리세(petit lycée)에 입학한다. 이때 교사 조세프 브넬(Joseph Venel)은 이후 1899년의 소설 『절대적 사랑(L'Amour absolu)』에 조셉 선생(Me Joseb)으로 등장한다.

1879년 — 10월, 어머니와 누나 샤를로트(Charlotte)와 함께 외가가 있는 생브리외로 이사한다. 그곳 학교에서 2학년 과정을 마친다.

1885년 — 10월, 열세 살 나이로 4학년 과정에 입학한다. 첫 문학 글을 쓴다. 이때 글들은 이후 '개체발생론(Ontogénie)'이라는 문서로 묶인다.

1886–8년 — 학교를 다니면서 빅토르 위고를 모방한 시와 여러 희곡을 쓴다. 라틴어, 그리스어, 작문 등에서 1등을 하는 등 우수한 성적을 이어 간다.

1888년 — 3월, 위고 스타일의 음산하고 긴 시를 여러 편 쓴다.
7월, 장편 시 「두 번째 삶, 또는 마카베르(La Seconde vie ou Macaber)」를 쓴다. 이 시에서 '두 번째 삶'을 살게 되는 인물은 알데른(Aldern)으로, 이후 완성할 희곡 「알데르나블루 (Haldernablou)」의 주인공 알데른을 예고한다.

10월, 어머니의 고향 렌느로 이사해 고등학교에 입학한다. 이 학교에서 물리를 가르친 에베르 선생(Monsieur Hébert)은 말과 행동이 굼떠 학생들의 놀림감이었다. 에베르는 에브 아범(Père Heb), 에베 아범(Père Ébé), P. H.를 비롯한 여러 별명으로 불리면서, 남자 고등학생들이 공동 집필하고 대를 이어 확장시킨 고약한 대서사시의 주인공이 된다. 라블레, 바이런, 셰익스피어, 뒤마 등의 작품과 교과서 내용을 참조해 쓴 모험 에피소드 수십 개 중, 1885년 샤를 모랭(Charles Morin)이 주도해 쓴 「폴란드인들(Les Polonais)」은 P. H.를 폴란드의 왕으로 그린다. 이것이 「위뷔 왕(Ubu Roi)」의 전신이다. 자리는 샤를 모랭의 동생 앙리를 통해 「폴란드인들」을 접한 뒤 곳곳을 개작한다. 그 외에도 'P. H.의 뿔들(Les Cornes du P. H.)' 또는 '다면체들(Les Polyèdres)'로 불리는 글도 썼는데, 이는 이후 「오쟁이진 위뷔(Ubu cocu)」로 발전한다.

12월부터 이듬해까지, 모랭 형제의 집에, 뒤이어 자리의 집에 극장 테아트르 드 피낭스(Théâtre de Phynance)를 열어 「폴란드인들」을 마리오네트 공연으로 선보인다. 이때 사용한 위뷔 마리오네트는 누나 샤를로트가 점토로 만들었다. 이후 「오쟁이진 위뷔」도 공연한다.

1889년 — 7월, 라틴어, 그리스어, 읽기와 낭독 등에서 좋은 성적을 받는다. 바칼로레아 1차에 합격한다. 학력 경진 대회 라틴어 번역 부문에서 차석을 한다.

10월, 학교에서 심리학자 벵자맹 부르동(Benjamin Bourdon)의 철학 수업을 듣는다.

1890년 — 6월, 「알코올화, 화학오페라(Alcoolisé, opérachimique)」 1막을 쓴다.

8월, 예년에 비해 학과 성적이 나빠진다. 바칼로레아 2차에 좋은 성적으로 합격한다.

1891년 — 학구열이 높은 어머니를 따라 파리 라탱 지구의 퀴자스 가로 이사한다. 한 해 스물다섯 명만 선발하는 고등 사범학교(Ecole Normale Supérieure) 입학시험을 치르지만 떨어진다.

10월, 앙리 4세 학교(Lycée Henri-IV)에 등록해 재수를 준비한다. 학교에서 앙리 베르그송의 철학사 수업을 감명 깊게 듣는다. 새 학교 친구들과 함께 「위뷔 왕」과 「오쟁이진 위뷔」를 재연하는데, 그 과정에서 상당 부분 개작한다.

1892년 — 포르루아얄 대로의 아파트로 이사한다. 가까운 골목에 개인 작업실을 얻어 '죽임당한 자들의 예수수난상(Calvaire du Trucidé)'이라고 이름 붙인다.

7월, 고등 사범학교 입학시험에서 재차 떨어진 뒤, 앙리 4세 학교에 다시 들어간다.

1893년 — 1-3월, 심한 병을 앓지만 어머니의 간호로 회복한다.

4월, 문학지 『에코 드 파리』가 매월 주최하는 문예 경연에서 「손가락 인형(Guignol)」으로 산문 부문에 당선된다.

5월 6일, 시인 카튈 망데스가 주최하는 연회에 초대되지만 어머니의 병환으로 참석하지 못한다. 사흘 뒤인 5월 10일, 어머니가 사망한다.

7월, 2점 차이로 고등 사범학교 입학에 세 번째 실패한다.

1893–4년 — 앙리 4세 학교 후배인 레옹폴 파르그(Léon-Paul Fargue)와 친밀해진다. 자리의 첫 번째 동성 연인으로 알려져 있다. 둘의 관계는 파리 문학계에 무수한 풍문을 낳았다. 1893년 12월부터 약 1년간, 로르멜과 협력해 비평지 『라르 리테레르』를 창간한다. 정기적으로 기고했을 뿐 아니라 금전적으로도 지원했다.

1894년 — 라실드가 화요일마다 여는 살롱에 자주 드나들기 시작한다. 화요일에 열리는 말라르메의 살롱에 참석하기도 한다.

1월 5일, 새해 축제 주간에 라발에 방문하지만, 치안재판소 서기관의 소환장을 무시하고 바로 파리로 돌아온다. 재단사와의 분쟁에 따른 소환이었는데, 맞춘 외투가 제대로 재단되지 않았다는 이유로 자리가 비용 지급을 거부한 것이다.

1월 20일, 자리의 아버지가 재단사에게 200프랑을 지급한다.

2월 4일, 외할아버지가 사망한다.

2–7월, 월간지 『에세 다르 리브르(Essais d'art libre)』에 기고한다.

3월, 소르본의 문학 학사 시험을 보지만 탈락한다.

3월 4일, 콜리지의 『노수부의 노래』를 프랑스어로 번역해 알프레드 발레트에게 보내 출판을 제안한다.

4월 3일, 출판사이자 동명의 문예지를 발간하는 메르퀴르 드 프랑스 주식회사의 주식 4주를 100프랑에 산다.

5월, 삼촌의 병환이 깊어져 라발의 고향집으로 내려간다. 라발에 있는 동안 희곡 「알데르나블루」의 교정을 본다.

6월 21일, 삼촌이 사망한다. 이후 삼촌의 유산을 물려받는다.

6월 말, 삼촌의 장례식 후 브르타뉴를 여행한다. 특히 퐁타방에서 며칠간 머무르며 폴 고갱, 샤를 필리제르(Charles Filiger) 등의 화가들과 교우한다.

7월, 「알데르나블루」를 『메르퀴르 드 프랑스』에 발표한다. '죽임당한 자들의 예수수난상'에서 떠나 생제르맹 대로의 아파트로 이사한다. 네 번째로 고등 사범학교 입학시험에 등록하지만, 시험을 치지는 않는다.

9월, 『모래의 순간들, 회상록(Minutes de sable, mémorial)』이 단행본으로 출간된다.

11월, 문학 학사 시험에서 또 떨어진다. 레미 드 구르몽과 함께 판화 잡지를 표방한 『리마지에르』를 창간한다. 알브레히트 뒤러 등의 중세 판화, 19세기 프랑스에서 대중적 인기를 얻은 에피날(épinal) 판화, 그리고 당시 전위적이었던 나비파 중심의 동시대 화가들의 신작 판화를 엮어서 싣는 미술 잡지였다.

10월 30일, 극장 테아트르 드 뢰브르를 운영하는 뤼네포와 알게 된다.

11월 13일, 군에 입대해 라발의 보병사단 101연대에 배치된다. 지방이 아닌 파리에 배치받기 위해 전쟁부에 청원까지 했지만, 실패한 후다. 당시 프랑스 병사의 군 복무 기간은 3년이었다. 군에 입대해서도 『리마지에르』 작업을 계속한다.

1895년 — 연초, 레옹폴 파르그와 헤어진다.

3월, 「적그리스도 카이사르」 2막인 '문장(紋章)의 막(Acte héraldique)'을 『메르퀴르 드 프랑스』에 발표한다.

4월, 앙리 루소가 그린 자리의 초상화 「A. J. 부인의 초상(Portrait de Madame A. J.)」이 앵데팡당전(Salon des Indépendants)에 출품된다. 이 그림은 현재 소실되었다. 당시 묘사된 바에 따르면, 검은 옷차림의 자리 옆에 올빼미와 카멜레온이 그려져 있었다고 한다.

8월 19일, 아버지가 사망한다.

9월, 「적그리스도 카이사르」 3막인 '지상의 막(Acte terrestre)'을 『메르퀴르 드 프랑스』에 발표한다. 드 구르몽이 자신의 "사촌"이라고 칭했던 연인 베르트 드 쿠리에르(Berthe de Courrière)가 자리에게 빌렸던 책을 돌려주면서 그 사이에 '당신에 관한 것이오(Tua res agitur)'라는 제목의 은밀한 글을 책장 사이에 끼워 전달한다. 상징주의와 신비주의 수사로 가득하고 성적 뉘앙스가 강한 이 글을 계기로, 자리와 드 구르몽은 불화를 겪고 결국 절교하기에 이른다. 1년간 5개 호를 발행한 『리마지에르』에서도 발을 뺀다. 자리는 이후 발표할 『사랑의 방문들(L'Amour en visites)』 3장 「늙은 여자의 집에서(Chez la vielle dame)」에서 이 일화를 암시하며 드 쿠리에르의 글 전문을 소설에 삽입한다.

11월 초, 『적그리스도 카이사르』가 단행본으로 출간된다.

12월 14일, 만성 담석증 진단을 받고 군대에서 조기 제대한다.

12월 23일, 아버지의 유산을 누나와 분배한다.

1896년 — 1월 8일, 뤼녜포에게 「위뷔 왕」이나 「다면체들」을 테아트르 드 뢰브르에서 상연하기를 제안한다.

3월, 『리마지에르』에 맞서고자, 물려받은 유산을 투자해 고급스럽게 인쇄한 판화 잡지 『페르앵데리옹』을 홀로 창간한다. 하지만 큰 적자를 면치 못한 채 2호까지만 발행하고 종간한다.

3월 31일, 르노디(Renaudie) 인쇄소에 295.85프랑을 송금한다. 『페르앵데리옹』을 위해 제작한, 15세기 활자체를 복각한 비용이다. 이후 『위뷔 왕』 표지에 사용한다.

4–5월, 폴 포르가 이끄는 잡지 『리브르 다르(Livre d'art)』에 「위뷔 왕」을 두 호에 나누어 싣는다. 인쇄비에 자비를 일부 보탠다.

5월 1일, 「산의 노인(Vieux de la Montagne)」을 『라 르뷔 블랑슈』에 발표한다.

6월, 테아트르 드 뢰브르에서 뤼녜포의 비서로 일하기 시작한다.

6월 1일, 『위뷔 왕』을 단행본으로 출간한다.

여름, 네덜란드로 가는 길에, 네덜란드 국경 근처 벨기에 크노케헤이스트에 있는 귀스타브 칸의 별장을 방문한다. 폴 포르, 샤를앙리 이르슈(Charles-Henry Hirsch), 로베르 윌만(Robert Ulmann)과 함께였다.

6월 또는 7월, 네덜란드에서 체류한다. 화가 레오나르 사를뤼스(Léonard Sarluis)의 집에 묵었던 것으로 추정된다. 이후 출간될 『낮과 밤(Les Jours et les Nuits)』의 라파엘 루아수아(Raphaël Roissoy)는 사를뤼스를 모델로 한 인물이다.

8월 23일, 「또 다른 알세스트(L'autre Alceste)」를 완성한다. 이는 『라 르뷔 블랑슈』 10월 호에 발표된다.

9월, 『메르퀴르 드 프랑스』에 「극장에서의 연극의 무용함에 관하여(De l'inutilité du théâtre au théâtre)」를 발표한다.

11월, 라발의 자전거와 자동차 상인 트로숑(Trochon)에게 '트랙용 자전거 클레멍 뤽스 96'를 주문하고 525프랑짜리 어음을 발행한다.

12월 1일, 「위뷔의 보유(補遺; Paralipomène d'Ubu)」를 『라 르뷔 블랑슈』에 발표한다.

12월 10일, 테아트르 드 뢰브르 네 번째 시즌의 두 번째 프로그램으로 5막짜리 희극 「위뷔 왕」을 초연한다. 야유와 환호가 동시에 쏟아지는 등 객석에서 소란이 이어져 도중에 15분간 공연을 멈추기도 했다. 공연 후, 망데스나 앙리 보에르(Henry Bauër)처럼 작품을 옹호하거나 흥미로워 하는 이들도 소수 있었지만, 평단

대부분은 분개했다. 그중 앙리 푸키에(Henri Fouquier)는 자리를 "예술의 아나키스트"로, 「위뷔 왕」을 "관객에 대한 테러리즘"이라 비난했다.

12월 17일, 샤를 모랭이 보에르에게 「위뷔 왕」은 자신이 동생과 함께 쓴 것이며, 자리가 이름만 바꾸어 발표했다는 취지의 편지를 보낸다. 보에르는 이에 회신하지 않은 것으로 보인다.

1897년 — 「오쟁이진 위뷔」를 고쳐 쓴다. 이 과정을 거치면서, 이전 판에 비해 뚜렷이 구분되게 된다.

1월 1일, 「위뷔 왕」의 실패와 그로부터 깨달은 바를 적은 「연극의 질문들(Questions de théâtre)」을 『라 르뷔 블랑슈』에 발표한다.

1월 5일, 희곡작가 협회의 "연수 회원"이 된다.

2월, 트로숑이 자리 앞으로 525프랑에 해당하는 채무 지급명령서를 서명해 보낸다. 하지만 여전히 비용을 지급하지 않아 지불 기한이 5월 말일로 연기된다.

참회화요일, 음식점에서 자리와 크리스티앙 베크가 몸싸움을 벌인다.

4월, 『낮과 밤』을 완성한다. 다음 달 18일, 메르퀴르 드 프랑스 출판사에서 출간한다.

5월 29일, 5월 말일까지 지불금을 내지 못할 것을 예상하고, 트로숑에게 7월 10일 만기의 약속어음을 발행한다. 금액은 기존의 자전거 값에 나무 휠, 그리고 각종 비용을 더한 560.70프랑이었다.

7월 12일, 앞의 어음을 결제하길 거부한다.

7월 19일, 마호가니로 만든 조각배를 60프랑에 구입한다.

8월, '죽임당한 자들의 예수수난상'에서 퇴거당한다. 앙리 루소의 집에 임시로 머문다.

9월, 외설적 성향이 짙은 작품을 전문적으로 다루는 편집자 피에르 포르를 라실드의 소개로 만난다. 완성 단계에 있는 『사랑의 방문들』 출간을 타진해 보려는 것이었다.

10월, 메르퀴르 드 프랑스 출판사에서 『위뷔 왕』 석인본이 출간된다.

11월, 카세트 가 7번지의 2.5층으로 이사한다. 일반적인 방에 비해 층고가 절반밖에 되지 않아서, 키가 160센티미터 남짓했던 자리의 머리카락이 천정에 쓸릴 정도였다.

겨울, 당빌(Danville) 부부의 살롱에서 의학 박사 장 살타스(Jean Saltas)를 만난다. 몇 년 후 둘은 그리스 작가 아메누엘 로이데스(Emmanuel Rhoides)의 『여자 교황 잔(La Papesse Jeanne)』을 번역하게 된다. 1911년, 자리 사후, 『포스트롤』의 수사본을 정리한 것도 살타스 박사와 가스통(Gaston) 당빌이다.

1898년 — 연초, 클로드 테라스와 함께 「팡타그뤼엘(Pantagruel)」 작업에 돌입한다.

1월 20일, 테아트르 데 팡탱에서 「위뷔 왕」을 마리오네트극으로 공연한다. 피에르 보나르가 마리오네트를 제작했고, 배우 겸 모델 파니 재생제르(Fanny Zaessinger)가 성우 중 하나로 참여했다. 테라스는 「위뷔 서곡(Ouverture d'Ubu)」, 「폴란드인들의 행진(La Marche des Polonais)」, 그리고 「뇌를 끄집어내는 노래(La Chanson du décervelage)」를 피아노로 연주했다.

봄, 발레트, 라실드, 피에르 키야르, 앙드레페르디낭 에롤, 마르셀 콜리에르(Marcelle Collière)와 공동으로 파리 남쪽 코르베이의 센 강변에 위치한 큰 별장을 임대하고, 사회주의자 샤를 푸리에가 상상한 유토피아적 공동체인 '팔랑스테르'라 이름 붙인다.

팔랑스테르의 회원들은 내킬 때마다 이곳에 와 며칠씩 묵었다. 하지만 시간이 갈수록 자리는 거의 팔랑스테르에 살다시피 해서 발레트와 라실드 부부와 사소한 갈등을 낳기도 했다. 이 시기 동안 『포스트롤』 초고를 정서한다.

4–6월, 에롤과 함께 파리와 팔랑스테르 사이를 기차로, 날씨가 좋을 때에는 자전거로 여러 번 여행한다.

5월, 피에르 포르의 출판사에서 『사랑의 방문들』이 출간된다. 『메르퀴르 드 프랑스』에 『포스트롤』의 6장, 10장, 25장을 발표한다.

5월 19일, 카페 드 로앙(Cafe de Rohan)에서 번역가 앙리 다브레(Henry Davray)의 소개로 오스카 와일드를 만난다.

9월 11일, 말라르메의 장례식에 참석한다.

11월 14일, 『팡타그뤼엘』 서문과 1막을 정서한다.

12월 5일, 『허리로(Par la taille)』 초벌을 완성한다. 이후 1900년 11월에 대대적으로 개작하지만, 1906년에서야 출간된다.

12월 6–15일, 『작은 연감(Petit Almanach)』의 인쇄 작업을 살피기 위해 팔랑스테르를 떠나 파리로 간다. 12월 말, 『작은 연감』이 출간된다. 이 책자의 마지막 장에는 1900년에 『팡타그뤼엘』이 상연될 것이라는 예언이 실린다. 실제로는 자리가 죽은 지 3년 후인 1911년에야 처음 공연된다.

1899년 — 1월, 팔랑스테르가 해산한다.

2월, 『메르퀴르 드 프랑스』에 포스트롤 박사 이름으로 「시간을 탐험하는 기계의 실제 제작을 위한 해설(Commentaire pour server à la construction pratique de la machine à explorer le temps)」을 발표한다.

2월 20일, 『절대적 사랑』의 원고를 완성한다.

3월, 『메르퀴르 드 프랑스』의 소식란에 『절대적 사랑』이 “여러 출판사에서 출간될 예정”이라는 내용이 실린다.

5월, 『절대적 사랑』을 석인본으로 자체 출간한다. 그중 50권을 메르퀴르 드 프랑스에 판매 위탁한다. 팔랑스테르의 일원들과 함께 파리 북쪽 라 프레트에 휴가 기간 동안 머물 집을 빌린다. 자리는 11월까지 이곳에 머무르며 「사슬에 묶인 위뷔(Ubu enchainé)」를 쓴다.

9월, 「사슬에 묶인 위뷔」를 탈고한다.

1900년 — 쿠드레 댐 근처의 센 강변에 지은 별장을 빌린 발레트와 라실드를 따라, 근처 창고 옆에 딸린 판잣집에서 살기 시작한다. 이후 6년 동안 이곳에 산다.

1월 1일, 『라 르뷔 블랑슈』에 C. D. 그라베의 『익살, 풍자, 아이러니, 그리고 더 깊은 의미』를 번역해 ‘실레노스들(Les Silènes)’이라는 제목으로 발표한다.

2월, 병을 앓는다.

5월 15일, 카를 로젠발(Karl Rosenval, 베르트 당빌[Berthe Danville]의 필명)과 함께 쓴 「레다(Léda)」를 초연한다.

6월 5일, 브라르(Brard)라는 이름의 집행관이 자전거상 트로숑에게 빚진 553.75프랑을 지급하라는 독촉장을 자리에게 보낸다. 하지만 자리는 독촉장이 배달된 주소에 더 이상 살지 않았기 때문에 그 사실을 알지 못한다.

7월 1일–9월 15일, 『메살린(Messaline)』을 『라 르뷔 블랑슈』 여섯 호에 걸쳐 발표한다.

11월 18일, 『허리로』를 오페레타용 각본으로 개작한다. 테라스가 작곡하기를 원했지만, 1906년 음악 없이 초연된다.

1901년 — 1월, 『위뷔 아범의 삽화 연감(20세기 편)(Almanach illustré du Père Ubu [XXe siècle])』을 발간한다. 피에르 보나르, 클로드 테라스 등과 협업한 책이다. 『메살린』 단행본을 라 르뷔 블랑슈 출판사에서 출간한다.

1월 15일, 『라 르뷔 블랑슈』에 「사변(Spéculation)」 시리즈를 연재하기 시작한다.

2–5월, 『라 보그』에 스코틀랜드 작가 로버트 루이스 스티븐슨(Robert Louis Stevenson)의 단편 「올랄라(Olalla)」를 번역해 발표한다.

7월 10일, 『메살린』의 "첫 번째 원고"를 타데 나탕송에게 헌사한다.

11월 27일, 2막으로 축약한 「위뷔 왕」의 리허설을 테아트르 드 캬트르자르(Théâtre des 4-Z'Arts)에서 진행한다. 이 축약 버전은 이후 1906년 '언덕 위의 위뷔(Ubu sur la butte)'라는 이름으로 출간된다.

12월 15일, 『라 르뷔 블랑슈』에 「사변」 시리즈의 최종화를 기고한다. 곧바로 이어 「행적(Gestes)」을 연재하기로 한다.

12월 18일, 『초남성(Le Surmâle)』을 탈고한다.

1902년 —라 르뷔 블랑슈 출판사에서 『초남성』을 출간한다.

1월 1일, 『라 르뷔 블랑슈』에 「행적」의 첫 연재분을 싣는다.

2월 15일, 농스 카사노바(Nonce Casanova)라는 인물이 『메살린』을 표절했다고 문제를 제기하는 자리의 편지가 이 날 발행된 『라 르뷔 블랑슈』에 게재된다. 잡지의 뒤표지에는 보나르가 그린 메살린 삽화가 실린다.

3월 22일, 벨기에 브뤼셀의 자유미학(La Libre Esthétique)에서 마리오네트에 관한 강연을 하고, 브뤼셀에 며칠 머문다.

4월 20일, 테라스, 펠릭스 페네옹, 발레트, 라실드 등을 자기 판잣집으로 초대해 잔치를 벌인다.

5월 2일, 『초남성』의 수사본을 타데 나탕송에게 바친다.

6월 1일, 집의 살림을 도와줄 "젊은 처녀"를 구인한다.

10월, 잡지 『라 르네상스 라틴(La Renaissance latine)』의 책임 편집자 비네발메르(Binet-Valmer)로부터 『라 르뷔 블랑슈』와의 협업을 그만두라는 편지를 받는다. 『라 르네상스 라틴』은 루마니아 왕족인 미셸 콩스탕탱 비베스코(Michel Constantin Bibesco)가 이끈 라틴 운동(Mouvement latin)의 주요 매체였다. 이 제안을 받아들이는 대신, 자리는 『라 르네상스 라틴』의 매 호마다 글을 기고하고, 본인이 희망하는 만큼의 원고료를 받길 요구한다.

11월 15일, 『라 르네상스 라틴』에 「알프레드 자리의 일기(Journal d'Alfred Jarry)」 연재를 시작한다.

12월 15일, 「알프레드 자리의 일기」의 두 번째 글을 발표한다. 그와 함께 『라 르뷔 블랑슈』에 「행적」 시리즈의 마지막 글을 싣는데, 여기에서 『라 르네상스 라틴』와 맺은 계약에 대해 아주 자세히 설명한다.

12월 말, 비베스코 왕자가 「알프레드 자리의 일기」의 세 번째 연재 글에 분노하여 퇴짜를 놓는다.

1903년 — 1월 1일, 「문학과 예술로의 대항해(Périple de la littérature et de l'art)」의 첫 글을 『라 플륌(La Plume)』지에 발표한다.

1월 6일, 비베스코 왕자의 서기이기도 한 비네발메르에게 보낸 서한의 사본을 만들어 페네옹에게 보낸다. 퇴짜를 받은 글을 『라 플륌』지에 전달했으며 인쇄에 들어갔다는 내용이다.

1월 31일, 비베스코 왕자 사태를 뒤로 하고 『라 플륌』지의 편집장인 카를 보에스(Karl Boes)에게 원고료 20프랑을 가불해 달라고 요청한다.

3월 21-8일, 주간지 『카나르 소바주』의 첫 호가 발행된다. 자리는 이 잡지에 첫 호부터 마지막 호까지 빠지지 않고 기고한다.

4월 1일, 『라 르뷔 블랑슈』에 이후 소설 『라 드라곤(La Dragonne)』의 일부로 포함될 「모르상 전투(La Bataille de Morsang)」를 발표한다.

4월 14일, 『라 르뷔 블랑슈』의 마지막 호에 시 두 편을 기고한다. 『라 르뷔 블랑슈』가 폐간하면서, 그에 재정적으로 의존하고 있던 자리의 상황도 나빠진다.

5월 24일, 『카나르 소바주』의 자매지인 『뢰이(L'Œil)』에 글을 처음 싣는다.

7월 5일, 『뢰이』에 마지막으로 글을 싣는다.

7월 21일, 외젠 드몰데르(Eugène Demolder)와 함께 오페라 대본 「교황의 겨자 제조인(Moutardier du pape)」 초안을 쓴다.

10월, 기욤 아폴리네르와 편지를 주고받기 시작한다. 서로를 알고 지낸 지 몇 달 후다. 만날 일정을 잡은 다음 잊기를 반복한다.

10월 18-24일, 『카나르 소바주』의 마지막 호가 발행된다.

11월, 프랑스 남동부의 르 그랑랭스로 가 테라스와 조우한다. 카페 브로스(Café Brosse)에 드나들며 지역의 인사들과 친분을 맺는다. 『라 드라곤』의 첫째 장은 이때의 생활을 떠올리게 한다.

12월, 「사랑받은 대상(L'Objet aimé)」 일부가 『르 페스탱 데소프(Le Festin d'Esope)』에 발표된다.

1904년 — 플레시쿠드레에 작은 토지를 매입한다. 이듬해 그 옆에 붙어 있는 땅 한 뙈기를 추가로 살 것이다. 이렇게 마련한 땅 위에,

지역의 목수를 불러 면적 3.33 × 3.69미터, 높이 3.3미터의 나무 오두막을 짓고, 건물 이름을 '삼각대(Tripode)'라고 명명한다(건물의 발은 네 개). 하지만 집을 건축하는 데 든 비용은 끝까지 지불하지 않았다.

연초, 『메살린』이 체코어로 번역 출간된다.

1월 15일, 『라 플륌』 지에 기고해 온 「문학과 예술로의 대항해」의 마지막 연재분을 발표한다.

1월 23일, 『라 플륌』가 에밀 베르하렌을 위한 연회를 열지만, 여전히 르 그랑랭스에 있었던 자리는 참석하지 못한다.

2월, 르 그랑랭스에서 비교적 가까운 리옹 도서관에 가 『팡타그뤼엘』의 옛날 사례들을 연구한다. 그 후 29일, 『팡타그뤼엘』의 "마지막 그림을 다 썼다"고 자화자찬한다.

5월 9일, 르 그랑랭스에서 리옹을 거쳐 파리로 돌아온다. 그 동안 『라 드라곤』의 첫 번째 장들을 쓰기 시작한다.

7월 16일, 『르 피가로』에 「파리의 환상(Fantaisie Parisienne)」을 연재하기로 하고, 그 첫 번째 글을 발표한다. 이 유명한 일간지에 처음이자 마지막으로 실린 자리의 글이다. 자리는 이 칼럼에 신기 위해 글 세 편을 더 써 놓았다.

10월, 10여 일간 르 그랑랭스에 머문다.

1905년 — 1월 10일, 드몰데르와 함께 쓰고 테라스가 작곡한 단막 오페라 「카글리오스트로의 저택(Manoir de Cagliostro)」을 비공개 상연한다.

4월, 희곡작가 협회의 지침을 따라, 『팡타그뤼엘』의 권리를 나누는 계약을 테라스와 체결한다. 한편 모리스 레이날(Maurice Raynal)의 집에서 저녁을 먹고 나서, 조각가 마놀로(Manolo)가 신경을 거스르자 그를 향해 총을 두 발 쏜다. 아폴리네르의 회고에 따르면, 자리는 사람들에게 끌려 나가는 동안 이렇게 말했다. "정말 좋지 않습니까? 문학처럼 말입니다. 다만 음식값을 내는 건 까먹었습니다만." 같은 달 22일 무렵, 브르타뉴에 며칠 머무른다.

5-6월, 여전히 『팡타그뤼엘』의 마무리를 하지 못한다.

7월 말-8월 초, 랑발의 삼촌 댁에 삼사일 머문다.

9월 4일, 이가 아파 치과에 간다.

11-12월, 독감으로 심하게 앓는다. 이를 토로하는 편지를 필리포 마리네티(Filippo Marinetti)에게 쓰면서 자기 누나인 샤를로트에 대해 쓴 운문시와 산문시를 한 편씩 함께 보낸다. 여기에서 누나에게 샤를로트 자리 케르네'크 드 쿠툴리 드 도르세(Charlotte Jarry Kernec'h de Coutouly de Dorset)라는 화려한 이름을 준다. 이 두 편의 시는 같은 시기 잡지 『포에지아(Poesia)』에 실린다.

겨울, 살타스와 함께 그리스 작가 아메누엘 로이데스의 작품 『여자 교황 잔』의 번역에 돌입한다. 그와 동시에 『라 드라곤』 집필을 재개한다.

12월 말, 감기에 걸린 자리는 테라스에게 "루이 금화[20프랑 가량] 한 개 또는 두 개 반"을 빌려 달라고 한다.

12월 31일, 여전히 감기로 앓는 채 발레트와 라실드의 집에서 저녁을 먹는다.

1906년 — 앞서 1900년에 완성한 『허리로』가 상소(Sansot) 출판사에서 출간된다.

2월, 랑발에 잠시 머문다.

4월 2일, 「위뷔 왕」을 무대에 올리자는 로랑 타야드의 제안을 받아들인다. 하지만 이는 자리의 사후에나 실현될 것이다.

4월 25일, 『라 드라곤』의 첫 번째 장인 「옴네 비로

솔리(Omne viro soli, '모든 사람은 혼자')」가 『베르스 에 프로스』에 발표된다. 이 장에 등장하는 카페 비오스(Kâfé Biosse)는 1903-4년 자리가 르 그랑랭스에 머물 동안 빈번히 출입한 카페를 암시한다.

5월, 『언덕 위의 위뷔』가 상소 출판사에서 출간된다. 1901년 상연된, 「위뷔 왕」의 2막짜리 축약본이다. 발레트가 페네옹과 함께 『교황의 겨자 제조인』 예약 신청 캠페인을 벌인다. 자리가 드몰데르와 1903년부터 쓴 오페레타를 손본 글이다.

5월 11일, 몸이 더 안 좋아져 라발로 가는 기차를 탄다.

5월 25-8일, 병이 절정에 이른다. 편지를 광적으로 쓰기 시작하면서, 발레트와 살타스 등에게 극도로 흥분한 긴 편지글을 여러 통 보낸다. 27일에는 『라 드라곤』의 거대한 계획을 누나 샤를로트에게 구술하면서 이렇게 말한다. "알프레드 자리는 죽음의 순간에 이르러 『라 드라곤』의 원고를 끝마칠 수 없다. 그리하여 그 계획을 누나에게 구술한다." 28일, 병자성사를 받는다.

6월 8일, 병세가 나아지고 있다고 느낀다. 살타스가 『여자 교황 잔』을 출판하기 위해 출판인 외젠 파스켈(Eugène Fasquelle)을 괴롭혔다는 사실을 알고 페네옹에게 살타스를 "철회"하라고 요구한다. 『교황의 겨자 제조인』 교정쇄를 검토한다.

6월 15일, '삼각대'가 세워진 쿠드레몽소의 땅을 누나 샤를로트에게 판다. 샤를로트는 1909년 이 땅을 팔 것이다.

7월 20일, 발레트로부터 『교황의 겨자 제조인』에 대한 고료 120프랑을 받는다.

7월 말, 라발에서 파리로 잠시 돌아온다. 이후 라발로 다시 돌아가는데, 그 날짜는 정확히 알 수 없다.

11월 초, 다시 라발에서 파리로 온다.

12월, 테라스에게 쓴 편지에서, 자리는 오랜 기간 편지를 주고받은 끝에 의약학 광고 잡지 『샹트클레르(Chanteclair)』와 활발하고 수익성도 높은 협업을 하기로 합의했다며 기뻐한다. 그와 동시에 『팡타그뤼엘』에서 자기가 맡은 부분을 테라스에게 완전히 양도할 생각을 하고 있다고 쓴다.

1907년 — 1월 초, 『샹트클레르』로부터 소식이 오기를 애타게 기다린다.

1월, 『샹트클레르』 건이 무산된다. 며칠간 라발에서 머물고 있던 자리는 테라스나 테라스의 지인에게서 750프랑을 빌리려 하지만, 테라스가 거절한다.

1월 30일, 자리의 종고모인 레르스티프 데 테르트르(Lerestif des Tertres)가 랑발에서 사망한다. 자리는 장례식에 참석한 뒤, 며칠간 랑발에서 머무른다.

2월, 카세트 가의 거처에서 쫓겨날지도 모른다는 걱정에, 집주인에게 편지를 보낸다. 이때 자리는 편지에서 새로운 소설 계획에 대해 자주 이야기하는데, 『라 드라곤』에 포함되지 못한 자투리 글을 바탕으로 한 소설이다.

2월 7일, 발레트에게 보낸 편지에 "어디서든 꽤 많은 금액을 얻지 못하면, 상황은 아주 어려워질 것"이라고 쓴다.

4월 16일, 파리로 돌아온 뒤 다시 몸이 안 좋아져, 친구 중 하나인 가스티외르(Gastilleur)에게 보러 와 달라고 요청한다.

4월 27일, 트로숑이 또다시 자리에게 자전거 값에 대한 청구서를 보낸다.

5월 1일, 『교황의 겨자 제조인』이 인쇄되어 제본을 앞둔 상태다.

5월, 라발에 머무르고 있는 동안, 카세트 가의 집주인 앙리 가르니에(Henri Garnier)로부터 임대계약 해제 통고를 받는다. 자리는 "위뷔 씨"라는 이름으로 다시 이 집을 임대하려는 계획을 세우는데, 그 때문에 몇 주 후 집주인이 발레트를 찾아오기에 이른다. 라발에서 머물던 샤를르랑델 가의 아파트를 떠나 부모님이 물려준 부츠 가의 집으로 옮긴다. 샤를르랑델 가의 아파트의 임대료를 연초부터 내지 않은 상태였고, 그 때문에 만기된 임대료에 대한 독촉장을 받는다. 이후 또다시 병을 앓아 몇 주 동안 자리에서 일어서지 못한다. 빅토르 르마슬르(Victor Lemasle) 출판사에서 『알베르 사맹(추억들)(Albert Samin [Souvenirs])』이 출간된다.

6월, 『교황의 겨자 제조인』이 드디어 제본되어 예약자들에게 발송된다.

6월 27일, 파리의 서적 상인 믈레 부인(Mme Melet)에게 『교황의 겨자 제조인』 소장판 2부(한 권에는 누나 이름이 적혀 있고, 다른 한 권에는 이름이 없음)와 보급판 몇 부를 팔려고 시도한다. 이에 관해 발레트에게는 명확히 밝히지 않았는데, 판매가 결국 무산되었다.

7–8월, 라실드에게 새로운 소설을 곧 보내 주겠다고 수차례에 걸쳐 단언한다. 동시에 『라 르뷔 블랑슈』에 연재했던 「사변」을 묶어 『초록 양초, 오늘날의 사물에 관한 깨우침(La Chandelle verte, lumières sur les choses de ce temps)』을 낼 준비를 한다. 이 계획은 오랜 시간 뒤인 1969년에나 실현될 것이다.

7월 4일, 카세트 가의 집주인인 앙리 가르니에가 1분기 집세와 계약해제 비용 명목으로 44프랑을 자리에게 요구한다. 자리는 타데 나탕송에게서 100프랑어치 어음을 받는다.

7월 6일, 집주인과 일을 정리하기 위해 라발에서 파리로 온다.

7월 8일, 극도로 피곤을 느껴 발레트에게 찾아와 달라고 한다.

7월 10일(?), 라발로 돌아온다.

7월 29일, 자리에게 쓴 편지에서, 발레트는 자리가 '삼각대'로 돌아오면 돈을 받으러 기다리는 사람이 있을 것이라 경고하고, 동네 사람들은 자리의 소식을 궁금해 한다고 전한다.

8월 말, 알렉상드르 나탕송(Alexendre Nathanson)이 카세트 가의 밀린 집세를 대신 내 주고, 그 덕에 자리는 파리의 거처를 사수한다.

9월–10월 초, 파리로 돌아올 날을 계속해서 미룬다.

10월 1–3일. 타데 나탕송이 자리에게 꽤 큰 금액의 돈을 보낸다. 아마도 이 덕에 자리가 파리에 돌아올 계획을 본격적으로 세울 수 있었을 것이다.

10월 7일, 파리로 돌아온다.

10월 26일, "얼마 동안 방에만 처박혀 있지만 (…) 책과 잡다한 서류에 둘러싸여 있는 것은 그렇게 고된 일이라 할 수 없다"고 느낀다. 타데 나탕송에게 "루이 금화 반 개 또는 한 개"를 요청하면서 "몸이 완전히 나을 시간을 벌 수 있을 것"이라고 편지에 쓴다.

10월 29일, 자리를 며칠 동안 보지 못해 발레트와 살타스는 불안한 마음에 자리의 집을 찾아간다. 열쇠공을 불러 문을 따고 들어가서, 의식이 거의 없고 다리가 마비된 자리를 발견한다. 자콥 가의 병원으로 급히 옮긴다.

11월 1일 오후 4시 15분, 자리의 죽음. 이후 부검에 따르면 사인은 결핵성 뇌막염이다.

11월 3일, 자리의 장례식. 생쉴피스(Saint-Sulpice) 성당에서 짧게 예배를 올린다. 발레트, 라실드, 옥타브 미르보, 쥘 르나르(Jules Renard), 모리스 보부르(Maurice Beaubourg), 샤를루이 필리프(Charles-Louis Philippe), 폴 발레리, 타데 나탕송 등이 장례 행렬에 참석했다. 바뉴(Bagneux) 묘지에 묻힌다. 몇 년 뒤, 자리의 묘석이 없어진다.

12월 18일, 샤를로트 자리가 라발 부츠 가의 집을 판다.

1908년 — 파스켈 출판사에서 엠마누엘 로이데스가 그리스어로 쓰고 알프레드 자리와 장 살타스가 함께 번역한 『여자 교황 잔, 중세 소설(La Papesse Jeanne, roman médiéval)』이 발간된다.

3월 28일, 「위뷔 왕」이 새롭게 공연된다.

1909년 — 1월, 『포에지아』에 「사랑받은 대상」 전문이 실린다.

1910년 — 소시에테 데디시옹 뮈지칼(Société d'éditions musicales)이 『팡타그뤼엘』의 글과 악보를 묶어 출간한다.

10–12월, 『베르스 에 프로스』 23호에 『포스트롤』의 8권 「에테르니테」가 실린다.

1911년 — 소시에테 데디시옹 뮈지칼에서 『팡타그뤼엘』의 글만 엮은 단행본이 출간된다.

외젠 파스켈 출판사에서 『파타피지크학자 포스트롤 박사의 행적과 사상: 신과학소설 / 사변들(Gestes et opinions du docteur Faustroll, pataphysicien, roman néo-scientifique, suivi de Spéculations)』이 발간된다.

1월 30일, 「팡타그뤼엘」이 리옹의 극장 그랑 테아트르(Grand Théâtre)에서 초연된다.

1927년 — 그라베가 쓰고 자리가 번역한 『실레노스들』이 타히티 섬의 파페에테에 위치한 레 비블리오필 크레올(Les Bibliophiles créoles) 출판사에서 단행본으로 출간된다.

1943년 — 갈리마르(Gallimard) 출판사에서 『라 드라곤』이 출간되지만, 페이지가 통째로 누락되는 등 오류가 많은 상태였다.

더 이상 원고 원본을 열람할 수 없기에 더 안타까운 일이다.

1944년 — 『오쟁이진 위뷔』 초판이 트루아 콜린느(Trois Collines) 출판사에서 발간된다.

1964년 — 모리스 사이예(Maurice Saillet)의 노고 덕에, 『개체발생론』의 시와 희극을 모은 『생브리외 데 슈(Saint-Brieuc des Choux)』가 메르퀴르 드 프랑스 출판사에서 출간된다.

워크룸 문학 총서 '제안들'

일군의 작가들이 주머니 속에서 빚은 상상의 책들은 하양
책일 수도, 검정 책일 수도 있습니다. 이 덫들이 우리 시대의
취향인지는 확신하기 어렵습니다.

1 프란츠 카프카, 『꿈』, 배수아 옮김
2 조르주 바타유, 『불가능』, 성귀수 옮김
3 토머스 드 퀸시, 『예술 분과로서의 살인』, 유나영 옮김
4 나탈리 레제, 『사뮈엘 베케트의 말 없는 삶』, 김예령 옮김
5 마세도니오 페르난데스, 『계속되는 무』, 엄지영 옮김
6 페르난두 페소아, 산문선 『페소아와 페소아들』, 김한민 옮김
7 앙리 보스코, 『이아생트』, 최애리 옮김
8 비톨트 곰브로비치, 『이보나, 부르군드의 공주/결혼식/오페레타』, 정보라 옮김
9 로베르트 무질, 『생전 유고/어리석음에 대하여』, 신지영 옮김
10 장 주네, 『사형을 언도받은 자/외줄타기 곡예사』, 조재룡 옮김
11 루이스 캐럴, 『운율? 그리고 의미?/헝클어진 이야기』, 유나영 옮김
12 드니 디드로, 『듣고 말하는 사람들을 위한 농아에 대한 편지』, 이충훈 옮김
13 루이페르디낭 셀린, 『제멜바이스/Y 교수와의 인터뷰』, 김예령 옮김
14 조르주 바타유, 『라스코 혹은 예술의 탄생/마네』, 차지연 옮김
15 조리스카를 위스망스, 『저 아래』, 장진영 옮김
16 토머스 드 퀸시, 『심연에서의 탄식/영국의 우편 마차』, 유나영 옮김
17 알프레드 자리, 『파타피지크학자 포스트롤 박사의 행적과 사상: 신과학소설』,
이지원 옮김
18 조르주 바타유, 『내적 체험』, 현성환 옮김
19 앙투안 퓌르티에르, 『부르주아 소설』, 이충훈 옮김
20 월터 페이터, 『상상의 초상』, 김지현 옮김
21 아비 바르부르크, 조르조 아감벤, 『님프』, 윤경희 쓰고 옮김
22 모리스 블랑쇼, 『로트레아몽과 사드』, 성귀수 옮김
23 피에르 클로소프스키, 『살아 있는 그림』, 정의진 옮김
24 쥘리앵 오프루아 드 라 메트리, 『인간기계론』, 성귀수 옮김
25 스테판 말라르메, 『주사위 던지기』, 방혜진 쓰고 옮김

'제안들'은 계속됩니다.

제안들 17

알프레드 자리
파타피지크학자 포스트롤 박사의
행적과 사상: 신과학소설

이지원 옮김

초판 1쇄 발행. 2019년 11월 15일

발행. 워크룸 프레스
편집. 김뉘연
제작. 세걸음

ISBN 979-11-89356-28-6 04800
978-89-94207-33-9 (세트)
13,000원

워크룸 프레스
출판 등록. 2007년 2월 9일
(제300-2007-31호)
03043 서울시 종로구
자하문로16길 4, 2층
전화. 02-6013-3246
팩스. 02-725-3248
메일. workroom@wkrm.kr
workroompress.kr
workroom.kr

이 도서의 국립중앙도서관
출판예정도서목록(CIP)은 서지정보유통
지원 시스템(seoji.nl.go.kr)과
국가자료공동목록 시스템(nl.go.kr/
kolisnet)에서 이용하실 수 있습니다.
CIP제어번호: CIP2019044087

옮긴이. 이지원 — 서울대학교에서 미학과 불어불문학을 공부하고, 데카당문학으로 동 대학원 석사 학위를 받았다. 큐레이터와 미술 프로듀서로 일한다.